Otto Schmidt

Hugo von St. Victor als Pädagog

Otto Schmidt

Hugo von St. Victor als Pädagog

ISBN/EAN: 9783741115967

Hergestellt in Europa, USA, Kanada, Australien, Japan

Cover: Foto ©Andreas Hilbeck / pixelio.de

Weitere Bücher finden Sie auf **www.hansebooks.com**

Hugo von St. Victor

als Pädagog

Inaugural-Dissertation

zur

Erlangung der Doctorwürde

vorgelegt der

Philosophischen Fakultät

der

Universität Leipzig

von

Otto Schmidt

Pfarrer in Zadel bei Meißen.

Meißen 1893.
Commissionsverlag von Paul Haefer
Sächs. Schulbuchhandlung.

Verzeichnis der benutzten litterarischen Quellen.

1. Opera Hugonis a St. Victore ed. Migne 1854 ... 3 tom., besonders die Einleitung von Hugonin.
2. Liebner, Hugo v. St. Victor und die theologischen Richtungen seiner Zeit. Leipzig 1832.
3. Derling, dissertatio de theologia H. a St. Victore, Helmstädt 1745.
4. Böhmer, H. v. St. Victor, Aufsatz in der Zeitschrift „Damaris". 1864. Heft 3.
5. Zöckler, Aufsatz über H. v. St. Victor in Herzogs theolog. Real-E.-P. 2. Aufl. tom. 6. S. 356 ff.
6. Schumann, H. v. St. Victor als Pädagog. 1878.
7. Hauréau, les oeuvres de H. de St. Victor. 2. Aufl. Paris 1886.
8. Schlosser, Vincents v. Beauvais Hand- u. Lehrbuch u. s. w. 1819.
9. Rich. Friedrich, Vincentius v. Beauvais als Pädagog. J.-D. Leipzig 1883.
10. Dr. Ernst Köhler, Hrabanus Maurus und die Schule zu Fulda. Programm der Chemnitzer Realschule von 1870.
11. Preger, Geschichte der deutschen Mystik. 2. Aufl. 1874. 2 tom.
12. Schmid, Mysticismus des Mittelalters.

Einleitung.

Frankreich war im 11. Jahrhunderte mehr als alle anderen europäischen Länder für einen Aufschwung der Pädagogik prädisponiert. Das Rittertum mit seiner feinen Sitte, die gefällige Dichtkunst der Troubadours im südlichen und der Trouwères im nördlichen Frankreich, die aufblühende Gotik im Gebiete des Massenbaues, die Entwicklung der Scholastik in der Theologie, alles das befruchtete auch die Erziehungswissenschaft. Dazu kamen freiere politische Verhältnisse, ein ziemlich bedeutender Handelsverkehr, der anregende Einfluß maurischer und jüdischer Bildung von Spanien her, und dies alles wirkte zusammen, um Frankreich auf die Höhe der Zeit zu stellen. Paris ward das Ziel aller Bildung suchenden Geister. Es gab für einen Gelehrten der damaligen Zeit kein größeres Lob, als wenn man von ihm sagen konnte, er habe dort studiert. Eine Menge wohleingerichteter Schulen gruppierte sich da um eine Universität, in der das oberste Tribunal scholastischer Wissenschaft verehrt wurde. Allein Trennungsgelüste schwächen das Ganze: wie an der Universität, so bestanden auch an den niederen Schulen Frankreichs, welche meist Klosterschulen waren, zwei divergierende Richtungen. Man kam zu keiner Einigung in Rücksicht auf die Verschiedenheit der Bildungsziele, die man stellte und demgemäß auch der methodischen Maßnahmen. Die sprechenden Typen dieses Zwiespaltes sind die jedem Kenner des Mittelalters geläufigen Lehrergestalten eines Wilhelm v. Champeaux und eines Abälard, von denen jener vielleicht nicht mit Unrecht als der Verteidiger einer mehr praktischen Gemütsbildung, dieser als Vorkämpfer jener scholastischen Spitzfindigkeit und Haarspalterei gilt, die zu allen Zeiten und überall eine tiefgründige Pädagogik so sehr behindert hat. Wilhelm v. Champeaux mußte, wie genügend bekannt, trotz seiner Tüchtigkeit, nach langen erbitterten Schulstreitigkeiten vor seinem rücksichts- und pietätlosen früheren Schüler Abälard die Waffen strecken und sein Lehramt an der Pariser Universität aufgeben. Er gründete (um 1100) zu St. Victor vor den Thoren von Paris eine eigene Lehrstätte, die er jedoch, auf den Bischofsstuhl von Chalons s/M. berufen, bald wieder verließ. Ihm folgte als Klosterschul-Vorsteher zu St. Victor ein gewisser Gilduin, und dessen Nachfolger war nun jener in der

Kirchengeschichte als Hauptvertreter der mystischen Richtung bekannte Hugo v. St. Victor, der auch für die Pädagogik keine geringe Bedeutung gewonnen hat. Seine Pädagogik, wie sie sich zeigt in seinem Leben und seiner Schularbeit, darzustellen, dazu soll in den folgenden Blättern der Versuch gemacht werden. — Wird sich dieser Versuch lohnen? Kann er einen (nicht nur subjektiv erfaßten) Wert für die Wissenschaft haben? Ist ein Mönch, und noch dazu ein mystisch bestimmter Mönch, für eine pädagogische Monographie bedeutsam genug? — Lassen wir Schlosser in seinem für Erforschung der mittelalterlichen Pädagogik geradezu grundlegenden Werke über Vincent v. Beauvais (tom. II p. 35 ff.) die evidente Bedeutung Hugos v. St. Victor für die Pädagogik bezeugen: „Die Richtung, welche die Scholastik durch diese Schule erhalten hat, ist für den ganzen Gang der Bildung des Mittelalters wichtig." Man braucht, wie Schlosser ausführt, noch gar nicht tiefer einzugehen in die Prüfung der meist ziemlich dunkel und schwierig gehaltenen Schriften oder in die Methode der ganzen Philosophie, deren Urheber Hugo v. St. Victor war oder deren Richtung er wenigstens bestimmte, man braucht nur auf seine Ansicht von der Wissenschaft im allgemeinen, die einzigartig dasteht für seine Zeit, oder auf seine durchaus interessante Lehrweise Rücksicht zu nehmen, — dann tritt jedem Unbefangenen die Bedeutung Hugos für die Pädagogik des Mittelalters klar hervor. Ja, schon der Umstand dürfte ins Gewicht fallen, daß (nach Schlosser a. a. O.) „aus dem Kloster St. Victor überhaupt viele Lehrer der damaligen Zeit genommen wurden, welche den Pädagogen als Orakel galten". — Zur Sache kommend wenden wir uns zunächst zum Leben Hugos, das durch und durch ein Erzieherleben ist, ein Leben der Selbstzucht und heilsamer Einwirkung auf die ihm untergebene teilweise noch unerzogene Jugend.

Das Leben des Hugo v. St. Victor.

Hugo v. St. Victor gilt als Vater der mittelalterlichen Mystik, das ist allgemein bekannt; wenige aber wissen, daß er nach Herkunft und spezifischer Sinnesart ein echt deutscher Mann ist. Es führt eine gerade Linie eigenartiger Geistesgestaltung und Entwicklung von ihm aus an Suso, Tauler, Eckhardt vorüber zu Luther hin. Der bei allen Hugo-Forschern (Derling, Liebner, Schumann u. a.) viel umstrittene, aber noch immer nicht geklärte Heimatswechsel Hugos ist für das Verständnis seines ganzen Wesens von der größten Bedeutung. Daß nicht Frankreich, wie viele behaupten, sondern Deutschland die wahre Heimat Hugos ist, suchen wir nach einigen Bemerkungen über den „Namenstreit" zuerst nachzuweisen. Binningenstadt, den Derling in seiner (wohl der ersten, aber sehr lückenhaften) lateinisch geschriebenen Dissertation über diesen Gegenstand citiert, nennt den mystischen Pädagogen nicht „Hugo", sondern „Hermann". Leibniz stellt die kühne, aber völlig unbeweisbare Behauptung auf, daß der Name Hugo zur damaligen Zeit überhaupt unbekannt gewesen und daß derselbe nur eine französische Verstümmelung des deutschen Namens (seines Geschlechtsnamens) Heymon sei. Mit guten Gründen, deren Ausführung uns allerdings hier etwas zu weit abführen würde, kämpfen gegen diese Ansicht Liebner und Ed. Böhmer in ihren Abhandlungen. Bedeutungsvoller als der jedenfalls ohne viel innere Nötigung aufgeworfene Namenstreit ist der sog. „Heimatsstreit" in Sachen Hugos. Es handelt sich hier, nachdem das eigentliche Frankreich als Heimat von den meisten und gerade entscheidenden Forschern ganz abgelehnt wird, um zwei gegenüberstehende Ansichten. Eine Partei, die auf alten Benediktinerurkunden fußt, spricht sich für flandrische, deren Gegner für sächsische (Sachsen = Niedersachsen) Abkunft aus. Die Benediktiner bringen folgenden dreifachen [1]) Nachweis der flandrischen Abkunft:

1. Eine alte „Auchiner" Handschrift, die Hugo im territorium Yprense [2]) zu Hause sein läßt.

---

1) Zuerst zusammengestellt in der „Histoire littéraire de la France, Paris 1830, tom. XII."
2) Mitgeteilt bei Mabillon, Annal. tom. I p. 327.

2. Robertus Montanus, der Fortſetzer von Siegeberts Chro=
nif,[3]) nennt ihn „magister Lothariensis.“
3. Eine Handſchrift von Marchienne,[4]) die ihn als einen
Yprensi territorio ortus bezeichnet.

Allein es iſt von dem Benediktiner Mabillon ſelbſt zur Evi=
denz nachgewieſen, daß die Nachricht des Robertus Montanus
(de Monte, d. i. Mont Saint-Michel) aus dem alten Anchiner Be=
richt ſtammt; daß aber auch die Marchienner Nachricht ebenfalls
dort ihre unverkennbare Quelle hat, weiſt Zöckler mit ſchwer=
wiegenden Gründen in ſeinem unten bezeichneten Artikel nach. Der
ſomit als einzig berechtigt übrigbleibenden Anchiner Handſchrift
ſtehen einige konträr ausſagende Zeugniſſe von hohem Werte
gegenüber.

1. Hugos Grabſtein bezeichnet ihn als origine Saxo.
2. Im Prologe der Schrift Hugos: Soliloquium de arrha
animae, die er offenbar ſeinen ehemaligen Kloſterbrüdern
im Konvente zu Hadmersleben widmet, finden ſich An=
ſpielungen, die uns ſehr deutlich zeigen, daß Hugo in
ſeiner Jugend und zwar bis zum 18. Lebensjahre Mit=
glied der Hadmerslebener Kloſterſchule geweſen iſt.
3. Hugo ſagt ſelbſt über ſeine Jugend das Folgende aus:[5])
„Ego a puero exulavi et scio, quo moerore animus
arctum aliquando pauperis tugurii fundum descrat,
qua libertate postea marmoreos lares et tecta laqueata
despiciat.“

Preger[6]) konjiziert nun bezüglich der letzten Stelle kühn, daß
die einzig bedenkliche Nachricht jener Anchiner Handſchrift: „Hugo,
— qui ex Iprensi territorio ortus a puero exulavit“ aus jener
Stelle der Didascalica gefloſſen ſei, indem der Urheber in ſeinen
Unterlagen Iprensi ſtatt tugurii geleſen habe. Daß der Text
durch dieſe Interpretation des allerdings ziemlich dunklen Wortes
tugurii an Klarheit und Anſchaulichkeit ganz und gar gewinnt, iſt
ohne Zweifel und die Wahrſcheinlichkeit iſt eine ziemlich hohe.[7])
4. Alte ſächſiſche Quellen, auf die ſogar franzöſiſche Forſcher
hinweiſen,[8]) ſagen beſtimmt und klar, daß Hugo dem Ge=
ſchlechte der am Harze anſäſſigen Grafen Blankenburg
und Regenſtein angehört habe.

Dieſen Zeugniſſen haben ſich faſt alle neueren Hugoforſcher,
ſo außer Preger auch Liebner, ſowie Böhmer in den oben an=

---

3) cf. Robert Montanus, de abb. cap. V.
4) cf. Zöckler, Hugo v. St. Victor in Herzogs R. E. P. 2. Aufl. 6, S. 356.
5) Erud. didasc. lib. III, 20.
6) Preger, Geſch. der deutſchen Myſtik I, S. 229 (1874).
7) cf. Henr. Meibom. jun., Script. rer. Germ. t. III, p. 429 sq.
8) Hugonin, Essai sur la fondation de St. Victor in t. I der op. Hugo
de St. Victor p. 42 (ed. Migne).

geführten Abhandlungen angeschlossen. Andere haben die Pregersche Konjektur nicht gewagt und die Anchiner Aussage gelten lassen und dann die beiden entgegenstehenden Meinungen in allerdings sehr plausibler Art vereint. So nennt z. B. Robert v. Torigny [9] Hugo wohl einen Lothringer, nimmt aber an, daß man in jener Zeit sowohl Flandern, als auch einen Teil Niedersachsens Lothringen genannt habe. Dieser Meinung folgen auch die in Schriften jener Zeit viel angeführten Jumiège [10] und Alberich de Trois Fontaines und, was das allerbedeutsamste ist, der gleichzeitige Chronist von St. Victor, Johann v. St. Victor. [11]

Hugos Lebensgang.

Das Geburtsjahr Hugos steht nicht ganz fest; sicherlich ist er aber in den letzten Jahren des 11. Jahrhunderts geboren: die meisten nehmen 1096 an. Über seine frühesten Lebensjahre im Elternhause wissen wir so gut wie nichts. Preger nimmt in seiner „Geschichte der Mystik" an, daß Hugo wider den Willen seiner Eltern von zweien seiner Verwandten, dem Bischofe und dem Archidiakonus von Halberstadt, dem geistlichen Berufe zugeführt worden sei. Ganz gewiß weist das exulare in dem oben angeführten Ausspruche auf einen frühzeitigen Übergang zum Klosterleben hin. Bis zum 18. Lebensjahre (bis ca. 1115) genoß Hugo sicher den Unterricht der Klosterschule [12] zu Hadmersleben bei Halberstadt. In der Schule dieses echt deutschen Klosters herrschte ein Geist freien originellen Forschens und Arbeitens. „Die deutschen Schulen," sagt Schlosser a. a. O. (cf. oben Verzeichnis u. s. w.) 2. Teil S. 4, „waren es, die einzig und allein dem verkehrten Scholastizismus lange entgegenstanden und aus ihnen, denen auch Hugo v. St. Victor seiner Geburt nach angehört, bildete sich ein neues System der gelehrten Theologie, das in eine populäre Form gekleidet werden konnte und in dieser besonders in Brabant, den Niederlanden und Niederdeutschland in Sprache und Leben, übertragen ward und für praktische Religion wirkte, statt daß das Volk bei den Spitzfindigkeiten der bloßen Grübler leer ausging, oder viel verlor und nichts gewann!" Diesen, den Schülern der reinen

---

9) Mitgeteilt bei Mabillon in Analectis tom. I, 265.
10) Anonymus Gemoneticensis p. 301.
11) Chron. ad annum 1130 p. 264.
12) cf. Prolog zum Traktate: Soliloquium de arrha animae in op. ed. Migne t. II p. 951.

Scholastik sicher ganz abhanden gekommenen Sinn für praktische Bethätigung und Anwendung der Wissenschaft bewährte Hugo, der Jünger der deutschen Schule, schon früh. Er erzählt Erud. didasc. VI, 3 aus seinen Schülerjahren, wie er sich erinnere, daß er täglich Rechenschaft von sich gefordert und nachgesonnen habe über seine Geistesprodukte (sophismatum meorum). Das Rechnen habe er für sich selbst mit Rechenpfennigen und Steinchen geübt; mit Kohlen habe er Oblonge und Dreiecke auf den Boden gezeichnet. Oft habe er die Nächte durchwacht und Horoskope gestellt (Astrologie).

Aus dieser, dem eigentlichen Klosterschulwesen mit seinen theologischen Studien doch einigermaßen abgewandten Arbeit dürfte wohl ein Rückschluß auf die Lehrer und die Lehrmethode im Kloster St. Victor erlaubt sein. Die spitzfindige Dialektik Anselms von Canterbury hatte gerade die deutschen Lehrmeister noch kalt gelassen; sie wandten noch immer ihre einfache, praktisch-populäre und historische Methode an und erreichten damit an ihren Schülern recht gute Erfolge. Sie zogen, wie dies auch Schlosser an verschiedenen Stellen ausführt, die genaue Sichtung und Einprägung eines einfachen, engbegrenzten Unterrichtsmaterials, das auf äußerer oder innerer Anschauung basierte, aller gallischen Vornehmthuerei mit nur halbklaren und noch dazu abstrakten Erkenntnismassen vor. Das scheint der große Vorzug der deutschen Schule, deren Eigenheiten Hugo später nach St. Victor trug, gewesen zu sein. Allein auch die Mängel seiner deutschen Jugendschule zeigen sich später auf St. Victor übertragen. Der deutschen Schule fehlte nämlich etwas, was der französischen Schwester nicht ganz abging, nämlich die Gliederung wohlabgegrenzter Unterrichts-Fächer: eine störende Systemlosigkeit machte sich überall geltend. Diese Erscheinung, die Abälard schon zu Paris gegen Wilhelm bekämpft hatte, ist in St. Victor zu Hugos Zeit nur zu deutlich wahrnehmbar geworden.

Neun Jahre hindurch lernte Hugo, der Klosterschüler, in seltener Weise selbständig und frei in Hadmersleben. In seinem Vorwärtsdringen fand er reiche Förderung an seinen Verwandten und Vorgesetzten, dem Bischof Reinhard und dem Archidiakonus Hugo von Halberstadt. Der erstere hatte den Abschluß seiner Bildung in der Pariser Klosterschule zu St. Victor gefunden, und er drängte nun auch seinen Archidiakonus dazu, in St. Victor seinem Bildungsgange ein reicheres und weiteres Ziel zu geben. Letzterer ging, nahm aber seinen begabten und fleißigen Neffen, den Klosterschüler Hugo, mit sich in die Fremde. — Die Kosten der Reise wollte, wie es in einer alten handschriftlichen Chronik von Halberstadt, aus der Zeit des Dreißigjährigen Krieges stammend, heißt, der Bischof Reinhard tragen. Die Reise ging gut von statten. „Am 3. Tage der Nonen des Mai (1116) ward Hugo, Archidiakonus von Halberstadt, samt seinem Neffen Hugo, Kanonikus," heißt es in den Akten des Klosters von St. Victor (mit geteilt von Hugonin in seiner Einleitung zur ed. Migne S. XLII). Gilduin und Thomas, die Nachfolger des Wilhelm v. Champeaux, führten den jungen deutschen Chorherren in das Lehramt der Schule ein. Wegen ausgezeichneter Lehrbegabung ward aber Hugo selbst nach Thomas' Tode zum Leiter der Klosterschule erwählt. — Bezeichnend für die Fähigkeiten Hugos und zugleich für die Demut, mit der sich derselbe seinem Schöpfer anheim giebt, ist ein Gebet, das sich am Anfange der Schrift: de arrha animae findet: „Du (Gott) hast mir einen fähigen Sinn, einen lichten Verstand, ein treues Gedächtnis, eine beredte Zunge, anmutige Rede, überzeugende Lehrgabe, Ausdauer in der Arbeit, Anmut im Verkehr, Fortgang in den Studien, Erfolg bei Unternehmungen, Trost in Widerwärtig keiten, Schutz im Glück verliehen." Acht Jahre lang war er Schulvorsteher, und die Schule kam unter ihm zu solcher Blüte, daß Zeitgenossen und Schüler voll sind seines Ruhmes. Sein ganzes Leben lang hat er sich (er war, wie das die Klosterakten von St. Victor gegen Sixtus Senensis zur Genüge beweisen, nie Prior oder gar Abt von St. Victor) an seinem schlichten Lehrer amte genügen lassen, obschon er nach Geist wie Fleiß wohl hätte „in die Höhe kommen" können. Trotz dieser seiner einfachen Stel lung aber hat er großen Einfluß auf die bedeutendsten Geister des Mittelalters bis hinein ins 14. Jahrhundert gehabt. Viele be rühmte Männer des 12. Jahrhunderts sind seine Schüler gewesen.[13] Seine allgemein anerkannten Ehrennamen: „alter Augustinus, lingua Augustini, didascalus" sind Bürgschaften für das Ansehen, welches Hugo auch in weiteren Kreisen genoß. Sein Wort fiel schwer in die Wagschale in dem theologischen Schulgezänk dieser Zeit, seine Lehrer Persönlichkeit war ebenso gerühmt, wie es seine Schriften waren.[14]

Petrus Lombardus hat ihn in seiner berühmten Summa ausgiebig benutzt und Thomas v. Aquino betrachtet ihn als seinen Lehrer.

Aber auch im Gebiete reiner Pädagogik ist sein Einfluß auf die bedeutendsten einschlagenden Werke des Mittelalters gar nicht zu verkennen. Namentlich ist, wie Schlosser a. a. O. zur Evidenz nachweist,[15] jener bekannte und oft als einziger namhafter Pädagog jener Zeit genannte Vincent v. Beauvais mit seinem bedeutsamen Buche de eruditione puerorum regalium durchaus von Hugo von St. Victor abhängig. Lange Zeit ist Hugo in der Geschichte der

13) cf. die 2 Briefe Hugos an Ranulphus de Mauriaco, mitgeteilt bei Migne, op. Hug. II, p. 1011—1014.

14) cf. die Zeugnisse Roberti de Monte v. 1140, des Anonymus monachus Gemeticensis, des Jacobus de Vitriaco bei Migne, op. Hug. I p. 154 — mitgeteilt bei Schumann a. a. O. S. 62.

15) Vgl. Schlosser a. a. O. tom. II, p. 49 ff.

Pädagogik völlig unbeachtet geblieben. In der neueren Zeit end=
lich ist es das Verdienst Schumanns gewesen, darauf hinzuweisen,
daß dem Victoriner ein Ehrenplatz in dieser Disziplin gebührt,[16]
„weil er seiner Zeit ein erhabenes und reines Bildungsideal zeigte,
weil er ferner dies Ideal psychologisch und ethisch aus der Men=
schennatur und den Zielen, die dem Menschen gesetzt sind, zu be=
gründen vermocht hat und endlich auch die Wege zu diesem Ziele
in praktischer, nach den Möglichkeiten der Zeit berechneter Weise
zu zeigen im stande gewesen ist."

Noch einige Worte über Hugos Ende. Nach dem Berichte
seines Klosterbruders Osbert[17] starb er am 11. Februar 1141,
erst 44 Jahre alt. In seltener Geisteshelligkeit soll er aus dem
Leben gegangen sein. Seine Kollegen und Schüler gaben ihm die
folgende vom Mönche Simon Chèvre d'Or gedichtete Grabschrift:[18]

> Conditus hic tumulo doctor celeberrimus Hugo
> Quem brevis eximium continet urna virum.
> Dogmate praecipuus nullique secundus amore
> Claruit ingenio, moribus, ore, stylo.

Die Werke des Hugo v. St. Victor.

Hugo v. St. Victor hat sich schon früh als Schriftsteller ver=
sucht, und in allen seinen Schriften sind neben rein theologischen
auch viele pädagogische Gedanken enthalten. Die ersten, jedenfalls
in früher Jugend geschrieben, können allerdings nur litterarische
Versuche genannt werden.[19] Die Mehrzahl der Schriften, von
Migne in seiner Patrologie in drei starken Hochquartbänden ediert,
sind in St. Victor geschrieben. Vieles ist, wie wir das unten des
näheren erörtern werden, unecht. Über Hugos Stil urteilt Hugonin
folgendermaßen:[20] „c'est un esprit élevé, un coeur aimant, une
grande habitude de la méditation, une érudition étendue, une
piété douce et sensible et une culture littéraire, imparfaite, sans
doute, mais remarquable pour son temps." — Ebenso sagt
Laforêt:[21] „Die Diktion Hugos ist klar, gefällig, fließend und

---

16) Schumann a. a. O. S. 61.
17) Ep. Osberti de morbo et obitu Hug. in der ed. 1648.
18) Eine deutsche Übersetzung cf. bei Schumann S. 8.
19) cf. Vita Reinhardi episcopi in den Kirchenakten von Halberstadt.
20) Hugonin a. a. O. aus verschiedenen Stellen.
21) Laforêt, Coup d'oeil sur l'histoire de la théologie dogmatique,
Louvain 1859, p. 59.

man findet bei ihm durchaus nicht jenes Wirrsal von Divisionen, Subdivisionen, Objektionen und Beantwortungen, die ohne Zweifel, mit Maß angewandt, ihren Nutzen haben, die aber in den Schriften der Scholastiker mehr den Geist verwirren, als klären!"

Die 47 einzelnen Werke und Traktate, die Migne in seine Sammlung aufgenommen hat und die Hauréau a. a. O. bezüglich ihrer Echtheit kritisiert, dürften am einfachsten wohl in 3 Klassen geteilt werden, in mystische, scholastische und encyklopädische. Neben diese Dreiteilung müßten dann die zahlreichen Kommentare zu biblischen Büchern gestellt werden, die allen 3 Richtungen angehören. All' diese Werke aufzuzählen, führt zu weit; indessen dürfte es Interesse gewähren, die kurzen Titel, die in ganz ansprechenden Versen Ascensius [22]) zusammengestellt hat, kennen zu lernen. Es dürfte also überschrieben werden:

tomus

I. Quin etiam magni divina volumina Mosis
Exponens sensu prosequeris duplici
Judicum item et regum declaras gesta sanctorum
Et tripodas vatum, Psalmographumque melos
Threnos reticcs, nec clausa problemata regum
Pacifici, cuius concio nomen habet.
Idem Evangelii Paulique aenigmata solvens
In Dionysiaca perficis arce tomum.

II. Mores,[23]) claustra, preces, animas, arcas, animantes
Gesta et sermones mox tomus alter habet.

III. Templorum ritus, doctorum sensum, sacras res
Cum sacramentis tertius ordo tenet.

Die bedeutendsten der hier nur resumierend aufgezählten Schriften sind unter den mystischen die mancherlei Pädagogisches enthaltenden: de arca morali, de arca mystica und de vanitate mundi. Sie entstammen, wenn sie durchweg echt sind, was Hauréau anzweifelt, jedenfalls der frühesten Zeit Hugos, vielleicht noch der Jugendzeit zu Hadmersleben. Als Beweis dieser Behauptung dürften der noch unbeholfene Stil und die mangelhaftere Auffassung gelten. Die wichtigsten der scholastischen Schriften sind die „Summa" und „de sacramentis", deren Bedeutung für das Lehrsystem der mittelalterlichen Kirche theologischerseits wohl noch zu wenig gewürdigt wird. Das encyklopädische Hauptwerk endlich ist zugleich die Hauptquelle unserer pädagogischen Nachforschungen gewesen. Es sind das die „libri VII eruditionis didascalicae", deren Untersuchung uns, nachdem wir im allgemeinen einen Blick

---

22) cf. Procemia edit. anni 1525.
23) Zusammenfassung von „de institutione novitiorum" und der „Eruditio didascalica".

auf die „Authentizitätsfrage" geworfen, des weiteren beschäftigen soll. Über die Authentie der Werke Hugos nämlich hat sich eine lange und noch immer nicht zu einem endgiltigen Abschlusse gekommene Kontroverse entwickelt. Wir müssen es uns hier versagen, näher auf diese jedenfalls nicht uninteressante Materie einzugehen; nur eins möge bemerkt werden: Es steht fest, daß sämtliche der bisher vorhandenen Ausgaben der Werke des Victoriners ganz ungemein unkritisch sind. Wie weit das geht, zeigen die Untersuchungen Hauréaus, der von der zweiten Hälfte des zweiten Bandes ab fast sämtliche Werke für höchst zweifelhaft hält. Hugonin (a. a. O.) bemüht sich zwar, zu retten, was nur irgend zu retten ist, doch merkt man hinter seinen Ausführungen oft nur zu deutlich die gewaltigen Zweifel, die ihn bewegen. Für unser pädagogisches Interesse genügt es, daß der Kern der „Eruditio didascalica" (cf. unten) weder von Hauréau, noch von irgend einem anderen Forscher angefochten wird, wie überhaupt die Mehrzahl der im Vorliegenden benutzten Schriften zu den am wenigsten umstrittenen, keine derselben (außer etwa dem „Bestiarius") zu den für durchaus unecht gehaltenen gehört.

Wir beschäftigen uns nun speziell mit der „Eruditio didascalica"! Während Hugo in sehr vielen seiner Schriften unverkennbar auf dürftigen Auszügen aus Aristoteles und den Kirchenvätern fußt und sich nur selten zu einer originellen Meinung aufschwingt, ist er in der „Didactica" und da besonders in der Methodenlehre (cf. weiter unten) durchaus frei und selbständig.[24] „In der Idee und der ganzen äußeren Ausführung, sowie den Zwecken des Werkes fußt er freilich wiederum auf vorausgegangenen ähnlichen Encyklopädien der Väter. Es gehören hierher Cassiodors Werk „de artibus ac disciplinis liberalium litterarum" neben dem anderen „de institutione divinarum litterarum", ferner Isidor v. Sevilla mit seinem „Etymologiarum sive originum libri XX." Auch des Honorius v. Autun Werk „de animae exilio et patria" ist ähnlich. In der „Didactica" zeigt sich eine für diese Zeit seltene Feinheit pädagogischer Beobachtung und hohes Interesse an der Sache der Erziehung und des Unterrichts. „Hier spricht er,"[25] sagt Hauréau, „aus eigener Erfahrung". Es war diese Schrift weit verbreitet und sie hat jedenfalls viel Nutzen für das damalige Schulwesen gehabt.[26] — Schlosser a. a. O. (Teil II S. 39) meint: „Der Schrift von der Lehrmethode verdankte Hugo den Namen des „Lehrmeisters", mit dem man ihn auszeichnender Weise benannte, obgleich man von seiten der eigentlichen Scholastik sich sehr dagegen erhob." Vincent v. Beauvais hat sie fast ganz in sein

---

24) cf. Schumann a. a. O. S. 18.
25) Hauréau a. a. O. S. 102.
26) Vincent v. Beauvais Spec. hist. lib. 27, cap. 18.

„Speculum doctrinale" aufgenommen, ein sprechendes Zeugnis dafür, welche Bedeutung noch 100 Jahre nach ihrem Erscheinen dem
Buche innewohnte. Was die Gliederung der „Didactica" betrifft,
so hat zuerst wiederum Hauréau überzeugend nachgewiesen, daß die
altgebräuchliche Einteilung in 7 Bücher durchaus unhaltbar ist.
Vincent und Johann v. St. Victor kennen nur 5 Bücher, die
Mehrzahl der Manuskripte bietet 6 dar. Hauréau sowohl wie alle
anderen Hugoforscher begnügen sich hier mit Andeutungen; wir
halten es für durchaus geboten, der Sache selbständig nachzugehen.
Wir verstehen uns wohl mit Hauréau dazu, die „6 Bücher" mit
dem Kapitel des Prologs, der in den meisten Ausgaben ganz fehlt,
zu beginnen, aber wir weisen das 7. Buch auch als eine Art Anhang ganz ab. Das ist entschieden ein Traktat für sich! Da von
ihm 4 verschiedene Überschriften [27]) vorkommen — eine ganz eigen-
artige Erscheinung bei echten, eine ganz gewöhnliche bei unechten
Schriften —, so ist das Buch, titel- und autorlos aufgefunden,
jedenfalls in die Schriften Hugos „eingeschmuggelt". Aber auch
die 6 übrigen Bücher der „Didascalica" haben ursprünglich den
ihnen für gewöhnlich beigelegten Namen nicht gehabt, sondern sie
hießen, wie sie noch heute unter Nr. 6785 der Handschriften in der
Nationalbibliothek zu Paris zu finden sind: „Sex libri philo-
sophici." Und wir folgern noch weiter: Auch in dieses Werk der
6 Bücher Philosophie sind von späteren Redaktoren mehrere verschiedene Werke Hugos verflochten worden, ganz in derselben Weise,
wie ein noch späterer Sammler den oben angeführten Traktat als
7. Buch hinzufügte. Beweis dafür ist die Thatsache, daß sich das
4. und ein großer Teil des 5. Buches mit nur geringfügigen
Differenzen in dem überall als erstem Werke Hugos angeführten
Traktate: „De scripturis et scriptoribus sacris" wiederfinden. Es
handelt sich nun darum, welche von den beiden Schriften die
Priorität in Anspruch nehmen darf, der Traktat oder lib. IV und
V der „Didascalica"? Wir halten den Traktat entschieden für
älter unter Berufung auf das einstimmige Zeugnis der Tradition
und der Manuskripte, daß Hugo selbst den Traktat stets seinen
Werken vorangestellt habe und unter Hinweis auf die große Wahr-
scheinlichkeit, daß ein schriftstellernder Theolog wohl zuerst über
Bibelfragen und dann erst über pädagogische Sachen schreibe. —
Auch rein sachlich angesehen gehören das 4. und 5. Buch der
„Didascalica" mit ihren isagogischen und biblisch-theologischen
Fragen nicht in eine pädagogische Schrift. Wie aber sind diese
dem Traktate „de scripturis et scriptoribus sacris" entlehnten
Partien, wie ist der Traktat vielleicht in vollem Umfange in die
„Didascalica" gekommen? Wir wagen folgende Hypothese: Man

---

27) Die am häufigsten gebrauchten Titel sind: „de tribus diebus" und
„tractatus de creatione primi hominis."

findet nach Hauréaus (a. a. O.) Zeugnis in der Manuſtripten-
ſammlung von St. Victor unter den Werken Hugos einen titel-
loſen Traktat von ähnlichem Inhalte, wie ihn lib. V und VI der
„Didascalica“ barbieten. Dieſen fand auch der Sammler vor und
formte dann den Titel nach der Überſchrift des 1. Kapitels:
„Quomodo legenda sit sacra scriptura.“ Nun hatte man das
Beſtreben, vereinzelte Traktate womöglich in größeren Werken
unterzubringen reſp. ihnen anzuhängen. Wo aber konnte man den
fraglichen Traktat beſſer unterbringen, als in einem Buche, welches
den Titel trug: „de studio legendi“! Giebt man die relative
Möglichkeit dieſes Vorganges zu, dann würden uns nur diejenigen
3 Bücher der „Didascalica“ übrig bleiben, welche mit der Buch-
überſchrift in der That inhaltlich zuſammenſtimmen. Verfaſſer
glaubt nun den Inhalt dieſer 3 pädagogiſchen Bücher des Hugo
v. St. Victor der beſſeren Orientierung in den nachfolgenden Angaben halber nach den Textausgaben überſichtlich kurz darbieten
zu müſſen.
Es enthält

Liber I:

Cap. 1. Duo esse praecipua, quibus ad scientiam quisque
instruitur. 2. De origine artium et animae perfectione. 3. Quod
studium sapientiae philosophia sit. 4. Triplicem esse vim animae
et solum hominem ratione praeditum. 5. Quae res ad philosophiam pertineant. 6. De ortu theoricae, practicae, mecanicae.
7. De tribus rerum differentiis. 8. De mundo superlunari et
sublunari. 9. In quo similis sit homo Deo. 10. De triplicibus
operibus. 11. Quid sit natura? 12. De ortu logicae. 13. Epi-
logus supradictorum.

Liber II:

Cap. 1. De discretione artium. 2. In quas partes divi-
datur philosophia. 3. De theologia. 4. De mathematica. 5. De
quaternario corporis. 6. De quaternario animae. 7. De qua-
drivio. 8. De arithmetica. 9. De musica. 10. De geometria.
11. De astronomia. 12. De arithmetica. 13. De musica triplici.
14. De geometria. 15. De astronomia. 16. Definitio quadrivii.
17. De physica. 18. Quid sit proprium uniusque artis. 19. Col-
latio supradictorum et divisio theoricae. 20. Divisio practicae.
21. Divisio mecanicae in septem species. 22. Prima est lanificium. 23. Secunda armatura. 24. Tertia navigatio. 25. Quarta
agricultura. 26. Quinta venatio. 27. Sexta medicina. 28. Sep-
tima theatrica. 29. De logica et grammatica. 30. De gram-
maticae divisione. 31. De ratione disserendi.

Liber III:

Cap. 1. De disciplina et ejus divisione. 2. De auctoribus
artium. 3. Quae artes praecipue legendae sint. 4. De duobus

generibus scripturarum. 5. De artium cohaerentia. 6. Uni-
cuique arti, quod suum sit, tribuendum esse. 7. Quid sit
necessarium studentibus. 8. De ingenio et memoria, quae duo
pertinent ad naturam. 9. De ordine legendi. 10. De modo
legendi. 11. De meditatione. 12. De memoria. 13. De disciplina. 14. De humilitate. 15. De studio quaerendi. 16. De
quattuor reliquis praeceptis. 17. De quiete. 18. De scrutinio.
19. De parcitate. 20. De exilio.

Aus dieser Inhaltsübersicht schon sind Mängel wie Vorzüge
dieses bedeutsamen Werkes mittelalterlicher Pädagogik in nuce ersichtlich. Die Mängel bestehen in der theologisch = einseitigen Be-
stimmtheit, in scholastisch = dialektischen Künsteleien, in übermäßigem
Klassifizieren. Demgegenüber hat das Werk aber auch ganz gewiß
seine großen Vorzüge. Die „graue Theorie" der Scholastik schwindet
hier doch einigermaßen vor dem Sinne fürs Erfahrungsmäßige,
Reale, Konkrete und Praktische; bessere Unterrichtsformen schweben
wenigstens dem Verfasser vor. Der nächste Nutzen des Werkes für
Hugos Zeit mag wohl der gewesen sein, daß Hugo einen kleinen
Schritt vorwärts drang im Kampfe gegen den Aberglauben und
die thatsächlich ziemlich unwissenschaftliche Methode seiner Zeit, und
das nicht im verwirrenden Sturm eines Abälard, sondern im tiefen
Geistesfrieden und mit wohlthuender Ruhe und Sicherheit. In
diesen gewiß pädagogisch verwertbaren Vorzügen liegt auch der
Nutzen der betr. Studien für jeden Pädagogen, der einer schnell-
lebenden, sich überhastenden Zeit angehört.

Spezielle Darstellung der Pädagogik des Hugo v. St. Victor.

A. Allgemeine Gesichtspunkte.

Man findet in den Schriften Hugos Aussprüche sowohl über
intellektuelle, als moralische, als auch physische Erziehung. Die
erstere wird erreicht durch den Unterricht. Hugo hat viele hie und
da zerstreute Sätze, die sich recht wohl zu einer „allgemeinen Unter-
richtslehre" zusammenfassen und solchergestalt darstellen lassen. Was
sagt Hugo zunächst über die Bedeutung und Notwendigkeit
des Unterrichts?[28]) „Gott ist das ideale Ziel aller Erziehung.
Dreierlei aber ist's, was den Menschen zu Gott emporhebt: die

---

28) Annot. eluc. in coelest. hierarchiam, lib. III, cap. 2.

cogitatio, die meditatio und die contemplatio. Cogitatio ist das
verstandesmäßige Aufnehmen und innere Vorstellen, meditatio ist
innige Vertiefung („meditatio in hac vita aeternae quietis dulce-
dinem — praegustare facit"), contemplatio endlich ist die intuitive
Vereinigung der Seele mit Gott. Alle drei Geistesthätigkeiten sind
Äußerungen, wenn auch stufenartig gesteigerte, einer Kraft, der
intelligentia. Hugo vergleicht an verschiedenen Stellen die drei
von ihm angenommenen Geisteskräfte mit 3 Augenpaaren; mit dem
ersten sieht man die Welt und was in ihr ist, mit dem zweiten
den Geist und was im Geiste ist, mit dem dritten Gott und was
in Gott ist. Will man nun einen Schüler dies Sehen mit diesen
dreierlei Augenpaaren lehren, will man ihn zu den höchsten Zielen
führen, so muß man vor allem durch den Unterricht die intelligentia
ausbilden. Darin liegt die Bedeutung und Notwendigkeit des
Unterrichts.

Wenn wir nun zu den Grundlagen des Unterrichts übergehen, so sind dieselben bei Hugo durchaus psychologisch bestimmt.
Ganz im Gegensatze zu seiner den Erfahrungswissenschaften ziemlich
unfreundlich gesinnten Zeit zeigt sich bei Hugo ein tiefes Eingehen
auf empirische Psychologie und deren Konsequenzen für den Unterricht. „Besonders tritt," sagt Schumann (a. a. O. S. 58), „in der
philosophischen Begründung auch die stete Begleiterin der gesunden
Pädagogik, die Psychologie, recht in den Vordergrund und schließt
mit der Ethik und Theologie hier einen so fruchtbaren Bund, daß
aus dieser Vereinigung sich bei Hugo so klare Ziele und Ideale
für die Erziehung ergeben, wie wir sie nur selten im Mittelalter
finden." Das 2. Kapitel des 1. Buches der „Didascalica" zeigt
uns namentlich, wie Hugo den Ursprung der Weisheit und Wissenschaft aus der Natur der menschlichen Seele zu erklären sucht. Es
ist in diesen Erörterungen allerdings Boëthius als Quelle gar
nicht zu verkennen, aber die Methode und tiefere philosophische
Begründung ist neu und Hugo eigentümlich. Aller Unterrichts-
betrieb setzt nach Hugos sehr richtiger Meinung die Erkenntnis des
Seelenlebens voraus. „Dein Auge sieht nichts in rechter Weise,"
sagt er einmal,[29] „wenn es sich selbst nicht erkennt! Denn erst
dann, wenn es scharf genug ist, sich selbst zu betrachten, dann erst
kann es durch keine fremdartige Erscheinung des täglichen Lebens,
keinen äußeren Schein, kein Trugbild der Wahrheit („adumbrata
veritatis imaginatio") getäuscht werden." Ebenso spricht er sich
im 2. Kapitel des 1. Buches der „Didascalica" wiederholt aus:
„Wer die Kräfte der Seele bilden und ihnen eine bestimmte Form
geben will (wie der Künstler dem Wachse), der muß diese Seelen-
kräfte zuvor kennen lernen. Diese Kräfte treten aber in dreifacher
Form in die Erscheinung und zwar:

---

29) De arrha animae, tom. II, fol. 143, col. 1 (ed. 1526).

1. als die das Wachstum und Gedeihen des Körpers be=
dingende Lebenskraft,
2. als sinnliches Wahrnehmungsvermögen (sentiendi judi-
cium),
3. als Denk= und Urteilskraft (vis rationis).

Die erstere Kraft (Lebenskraft) haben Mensch, Tier und
Pflanze gemein, die zweite eignet dem Tier und dem Menschen,
die letztere besitzt allein der Mensch. Das Tier kann die Eindrücke,
die es durch die Sinne empfängt, nicht ordnen und verbinden, des=
halb sind seine Vorstellungen unklar und können nicht lange im
Gedächtnis behalten werden. Daraus folgt in bezug auf den
menschlichen Geist, daß man hier vor allem durch unterrichtliche
Einwirkung das Chaos der Vorstellungsmassen zu ordnen hat.[30]
„Die dreifache Kraft des Geistes hat allein die menschliche Natur
erhalten.[31] Der Erkenntniskraft der menschlichen Seele fehlt es
nicht an Bewegung, weil sich in vier Stücken besonders die Kraft
der Vernunft übt. Denn sie erforscht entweder, ob etwas sei, oder
bezweifelt, ob es so sei, als es erscheint, dann sucht sie weiter, wie
jedes Ding ist und erforscht darin die übrigen etwaigen Eigentüm=
lichkeiten. Ist das Alles erkannt, dann fragt sie nichtsdestoweniger
noch, warum es sei. Da also diese Thätigkeit dem menschlichen
Geiste innewohnt, daß sie immer das Gegenwärtige zu begreifen,
das Abwesende zu erkennen, aber auch das Unbekannte zu erforschen
und Neues zu finden sucht, so ist es zweierlei, auf das die schlie=
ßende (vernünftige) Kraft der Seele mit aller Macht hinarbeitet,
einmal, daß sie die natürliche Beschaffenheit der Dinge erkennt, und
zweitens, daß dasjenige zur Kenntnis gelangt, was nachher den
sittlichen Ernst beschäftigen soll.“ Soweit das, was Hugo über
die psychologisch=logischen Grundlagen des Unterrichts sagt.

Nunmehr Einiges über den Zweck des Unterrichts.
Hugos Denken ist hier selbstverständlich bedingt durch den scho=
lastisch = mystischen Zug seiner Zeitgenossen: er ist ein Kind seiner
Zeit. Daß in Hugo v. St. Victor das spezifisch mystische Element
stärker hervortritt, als das scholastische, ist bekannt, gilt er doch als
der Mystiker κατ' ἐξοχήν. — Wenn z. B. Hugo Wärme und Leben
im Unterrichte stark hervorhebt, so zeigt sich darin der Mystiker;
wenn er aber Licht, Ordnung und Zusammenhang nicht vermissen
will, so ist er scholastisch (im besten Sinne) beeinflußt. Hugo ist
in seinen Zweckbegriffen nicht radikal, wie z. B. Abälard, er sucht
vielmehr, wo er irgend kann, zu vermitteln, und das war, wenigstens
für die Schule, eine viel geeignetere Art, als das ungestüme Wesen

---

30) Erud. didasc. Lib. I, cap. IV.
31) In den früheren ed. op. Hug. findet sich nominum natura am An=
fange der Stelle. Die ed. Migne konjiziert wohl mit Recht dafür hominum
natura, ebenso am Schlusse statt gravitas mortalis — gravitas moralis. — cf.
dazu auch Schumann a. a. O. S. 22 u. 23.

jenes radikalen Nominalisten. Dabei ist Hugo selbständig auch der
Kirche gegenüber. Jenen Fragen, die sich bei seinen zeitgenössischen
theologischen Schriftstellern fast auf jeder Seite und in jeder Materie
finden: „Was lehren die Väter? Was lehrt die Kirche?" begegnen
wir nur selten bei ihm. Sogar mitten in seinen dogmatischen Aus=
führungen bringt er auf eigene Prüfung des Glaubensinhaltes.[32]
Diese Freiheit existiert ihm allerdings nur für den Einzelnen und
einzelnen Lehren gegenüber, die Wissenschaften im großen und
ganzen müssen auch ihm, dem Theologen, speziell der Schrift=
erklärung dienen. Der historischen Auslegung sollen Grammatik,
Rhetorik und Dialektik dienstbar sein, das Quadrivium dagegen muß
den allegorischen und moralischen Schriftsinn erforschen helfen.[33] —
Alles in allem genommen, ist dem Hugo die weltliche Wissenschaft
zwar wohl eine Dienerin, aber nicht wie bei anderen a priori eine
Feindin der Theologie und das wohl darum, weil er im Gegensatze
zu den Schreiern und Charlatanen der Zeit auch die weltlichen
Wissenschaften selbst genau kannte.

Fragen wir hier nach den philosophischen Grund=
lagen des Unterrichts, so müssen wir uns zunächst an dieser
Stelle über die philosophische Stellung Hugos des kurzen orien=
tieren. Hugo ist — wie man es vom Kommentator des Areo=
pagiten nicht anders erwarten kann — Neuplatoniker. Die Kapitel
5—7 des II. Buches der „Didascalica" zeigen das evident. Der
Satz: „Die Seele erhebt sich durch Flucht aus der Zerstreuung zu
den Prinzipien der Dinge, welche Gott, die Ideen und die Hyle
sind," findet sich wiederholt. Zu beachten bleibt dabei, daß Hugo
praktischer Empirie nicht fern bleibt. Die Grundlage aller Philo=
sophie ist bei Hugo ein reines Herz (denn die Sünde trübt das
forschende Auge), der Zweck der Philosophie ist die volle Entfaltung
der Lebensaktivität des Menschen, ihre Mittel sind Weckung und
Bildung der Einsicht und des Interesses, — alle Wissenschaft und
Philosophie aber hat ihre bestimmten Grenzen, die sie nicht über=
schreiten kann und wird. — Alle Philosophie bleibt unvollkommen
auf dieser Erde, hat aber in sich die Keime ewiger Entfaltung.
Das ungefähr könnte man als den Kern einer Reihe Hugonischer
Sätze ansehen, die an sich ja meist ein recht theologisierend=ver=
schwommenes Gepräge haben, aber doch den philosophischen Geist
nicht verkennen lassen. Die philosophische Tüchtigkeit Hugos wür=
digt Schumann[34] folgendermaßen: „Hugo sucht nicht nur die

---

32) cf. de sacramentis lib. II, cap. 17.

33) Diese sonderbaren Abstufungen der Schriftauslegung, die oft unter=
einander in Widerstreit gerieten, aber im ganzen Mittelalter gäng und gäbe
waren (in der kath. Kirche wohl noch heute), sind bekanntlich von keinem Ge=
ringeren als von dem sonst so klaren und konsequenten Origenes aufgebracht
worden.

34) Schumann a. a. O. S. 58.

höheren Begriffe, sondern auch den ganzen Zusammenhang der Wissenschaft und deren Entstehung philosophisch zu begründen." Hugo ist Neuplatoniker, aber er verbindet nach dem Vorgange des Boëthius mit dem Neuplatonismus aristotelische Dialektik. Es war vielleicht diese Art der Vermittelung die einzige Möglichkeit, um die Öden der Scholastik und die Klippen der Mystik zu vermeiden, so daß uns beides, der ideale Schwung und zugleich die verhältnismäßig große Klarheit anmutet.

Hugos Philosophie ist, wenn auch nicht scharf und erschöpfend, so doch ungemein tief und ernst, und somit wohl geeignet, als Grundlage einer Pädagogik zu dienen.

Hugo legt überhaupt alles Philosophieren mehr ins tief erfassende Gemüt, als in den scharf zergliedernden Verstand. „Es ist aber die Philosophie," sagt er,[35] „eine Liebe und ein eifriges Betreiben der Weisheit und eine Freundschaft zu ihr. Diese Weisheitsliebe ist die Durchleuchtung der einsichtsvollen Seele durch die ewige reine Weisheit und gewissermaßen ein Anhalten und Rufen zur Weisheit, damit der göttliche Eifer der Weisheit und die Freundschaft des reinen Sinnes zu ihr geschaut werde." Dergleichen anregende und tief gedachte Definitionen von Philosophie finden sich an der angegebenen Stelle aus dem 2. Buche in fünffacher Aneinanderreihung.

Allem Anscheine nach hat Hugo die Philosophie in der Schule zu St. Victor als eigentliche Disziplin nicht behandelt, sondern er stellt nur allgemeine philosophische Begriffe seinen speziellen Ausführungen voran resp. nach. Er hat z. B., wie es im 1. Buche der „Didascalica" zu beobachten ist, am Anfange seines Unterrichtes in leicht verständlicher Form dargethan, daß das höchste Gut des Menschen die Weisheit sei. „Durch die Weisheit," sagt er a. a. O., „erkennt der ewige Menschengeist sich selbst, lernt allen Wechsel verachten und wird sich dadurch selbst genug. Denn für die Wissenschaft giebt es keine Schranken. Weil nämlich die Seele aus allen Stoffen zusammengesetzt ist, so findet sie, die Außenwelt in sich aufnehmend, überall das Ähnliche."

Derartige philosophische Einleitungen finden sich meist vor der Darstellung der Einzel=Materie. Durch sie sucht Hugo, bevor er die Aufmerksamkeit auf das Einzelne lenkt, erst den ganzen Menschen zu erfassen, um ihn dann von den allgemeinen Gesichtspunkten zurück zum Besonderen zu führen.

Diese methodische Richtung hat etwas eminent Praktisches an sich und ist weiterer Erwägung wert. Damit sind wir aber von selbst auf die speziellere Betrachtung der Unterrichts=Methode des Hugo v. St. Victor geführt worden.

---

35) Erud. didasc. lib. I, cap. III und lib. II, cap. I.

B. Die Unterrichts-Methode des Hugo v. St. Victor im allgemeinen.

Hugo betont wiederholt die Notwendigkeit der Innehaltung einer bestimmten sachgemäßen Methode beim Unterrichte. „Unsere Scholastiker," sagt er,[36] „wollen oder können nicht einen passenden Weg beim Lernen einhalten, und darum finden wir wohl jetzt viele Studierende, aber wenig Weise. Mir scheint aber die Sorge nicht von geringerer Wichtigkeit, den Schüler abzuhalten, daß er seine Kraft in unnützen Dingen verschwende, als die, daß er lebendig bleibe bei einem guten und nützlichen Vorsatze. Schlecht ist es, das Gute nachlässig zu treiben, aber noch schlechter, viele Kräfte an eitle Dinge zu verschwenden. Aber weil nicht alle Urteil genug haben, um zu wissen, was ihnen nützt, deshalb will ich dem Leser kurz Einiges über die Art und Weise der Lektüre und der Interpretation der Schriften (de modo disserendi) darlegen."

Das thut Hugo in Kap. V und VI des III. Buches der Erud. didasc. Zunächst spricht er von der Methode, die an sich in dem Wesen und der Verbindung der Fächer liegt, also der objektiven Methode, und sodann von der, die der Lehrer in der Schule handhaben muß, d. h. der subjektiven Methode. Er sagt in Kap. V, daß die „Künste" (mit diesem Namen werden ja die Unterrichts-Disziplinen im Mittelalter immer bezeichnet) eng miteinander verbunden seien und sich gegenseitig stützen müßten. So zu studieren, daß man sich einige seiner Natur besonders zusagende Wissenschaften herauslese, um nur sie zu treiben, das würde zu keinem rechten Resultate führen. In Kap. VI empfiehlt er, daß man, wenn man nun alle Fächer soweit studiert habe, um sie selbst zu lehren, weiter auch lernen müsse, jedem Fache das zuzuteilen, was ihm zukomme, und daß man sich dann in der einzelnen Wissenschaft nicht zu lange bei den Einleitungsfragen aufhalte. „Manche werden mit dem Anfange der Sache kaum in der 3. Lektion fertig und zeigen so nur ihre eigene Weisheit. Sodann muß man acht haben, daß man auch wirklich nur das Hauptsächliche der Wissenschaft giebt und das Nebensächliche auch verständig auszuscheiden weiß." „Beachte, wie verkehrt die jetzt übliche Gewohnheit ist. Wenn mancher wirklich auch noch so viel Überflüssiges in seinem Gedächtnisse aufgespeichert hat (aggresaverit), um so weniger kann er das auffassen und behalten, was wirklich nützlich ist." Wir sehen, wie Hugo im Gegensatze zu den Scholastikern seiner Zeit für weise Stoffbeschränkung als Hauptzeichen einer guten Methode eintritt. Wenn wir Hugo recht verstanden haben (s. Anm. 37), so empfiehlt er in den Kap. 9—12 des Lib. III der Erud. didasc. wiederholt die Tugend und Kunst recht präziser Darstellung im

---

36) Erud. didasc. III, cap. 3.

Unterrichte. Kann alles möglichst kurz klargelegt werden, dann läuft man nach Hugos Meinung nicht Gefahr, den Schüler durch Einflechtung zu viel fremdartiger Dinge mehr zu verwirren als zu bilden. Denn es darf nicht alles gesagt werden, was wir sagen können, damit nicht das mit geringerem Nutzen gelehrt wird, was wir lehren müssen. Suche in jedem Fache besonders nur nach dem, was besonders zu ihm gehört (id tandem in unaquaque arte quaeras, quod ad eam specialiter pertinere constitit). — Charakteristisch ist auch ein bedeutungsvolles Wort, das wir wegen seiner sprichwörtlichen Pointe ebenfalls lateinisch anführen: Noli multiplicare diverticula quoadusque semitas didiceris: securus discurres cum errare non timueris." [37])

An anderen Orten spricht nun Hugo auch von den einzelnen Disziplinen, treibt also, sozusagen, spezielle Methodik. „Diese Ordnung," sagt er a. a. O. Kap. IX, „wird beobachtet einmal in den einzelnen Fächern, wie wenn ich sagte: Nach der Grammatik zuerst die Dialektik, die Arithmetik vor der Musik. Eine andersartige Reihenfolge wird beobachtet bei den einzelnen Büchern, wie der Catilinarius vor dem Jugurthinischen Kriege, eine andersartige in der Erzählung, die in fortlaufender Reihe weiter geht, eine andersartige nach Dispositionen. Die Disposition ist eine doppelte: eine natürliche, wenn nämlich die Sache in der Reihenfolge berichtet wird, in der sie geschehen ist (chronologische Methode), und eine künstliche, wenn das, was nachher geschehen ist, zuerst und das, was vorher geschehen, an zweiter Stelle erzählt wird (retrogressive Methode)." In einer Abhandlung (Beschreibung, Schilderung, allgemeinen Besprechung eines Themas) wird die Reihenfolge festgestellt nach der (vorherigen) Untersuchung. Jede Abhandlung enthält 3 Stücke: Form (littera), Sinn (sensus) und tiefere Bedeutung (profundior intelligentia). Die Form ist die übereinstimmende Ausdrucksweise der Rede, die man auch Konstruktion nennt (allgemeine Einleitungen, Disposition im engeren Sinne, Zergliederungen rein formaler Art u. s. w.). Der Sinn (sensus) giebt gewissermaßen die leichte und offen daliegende Bedeutung an, die aus der Form gleich in die Augen springt (unmittelbarer Totaleindruck eines Stoffes), die tiefere Bedeutung (sententia) ist die tiefere Erkenntnis, die ohne Erklärung und Auslegung nicht gefunden wird. Die (methodische) Reihenfolge ist so, daß zuerst die Form, dann der Sinn und endlich die tiefere Bedeutung berücksichtigt wird. Ist das geschehen, dann ist die Exposition vollendet.

Kap. X giebt uns Folgendes an die Hand: Die fruchtbare Art und Weise des Lesens (Studierens) überhaupt beruht auf klarer logischer Auffassung und Anordnung (bene docet, qui bene distinguit). Jede Teilung beginnt bei dem Begrenzten und schreitet

37) cf. Schumann a. a. O. S. 42.

zum Unendlichen fort. Alles Begrenzte ist bekannt und eher zu
begreifen (Gang vom Konkreten zum Abstrakten, vom Leichten zum
Schweren, Nahen zum Fernen u. s. w.). Der Unterricht beginnt
mit dem, was bekannt ist und auf Grund der Kenntnis von diesem
schreitet er zu dem fort, was verborgen ist. Außerdem forschen
wir auch mit Hilfe der Folgerung (ratione investigamus). Bei
ihr ist das Teilen ganz besonders erforderlich, wenn wir durch
Teilung vom Allgemeinen zum Besonderen (deduktive, regressive
Methode) fortschreitend die Beschaffenheit der einzelnen Dinge erforschen; denn jedes Ganze wird bestimmt durch seine Teile. Wenn
wir nun das wissen, müssen wir auch mit dem beginnen, was bekannter (vom Bekannten zum Unbekannten), abgegrenzter (vom
Nahen zum Fernen) und leichter zu verstehen ist (vom Leichten
zum Schweren). Wir müssen allmählich durch Teilung vom
Ganzen zum Einzelnen hinabsteigen, dieses erforschen und so
Kenntnis von den einzelnen Dingen erlangen, die das Ganze enthält. Fortwährend betont Hugo die Notwendigkeit eines geordneten
Vorwärtsschreitens. „Der geht am sichersten,[38]) der ordnungsgemäß
vorschreitet," das betont er unermüdlich (aptissime incedit, qui
incedit ordinate). „Wenn einer einen großen Sprung thun will,
fällt er jählings hin. Darum eile nicht zu sehr, um so schneller
wirst du zur Weisheit kommen." Aus Kap. XIV gehört auch
folgende, nochmals zu weiser Stoffbeschränkung bei der Lektüre der
Klassiker mahnende Stelle hierher: „Wenn du nicht alles lesen
kannst, so lies wenigstens das Beste. Aber auch, wenn du alles
lesen könntest, so darf doch nicht auf alles dieselbe Mühe verwandt
werden. Einiges muß so gelesen werden, damit es nicht unbekannt
ist (besonders bekannte Stellen), anderes, damit es nicht ungehört
bleibt (besonders tiefe Stellen)." Einige andere treffende Bemerkungen über die Methode giebt Hugo im 5. Kap. des V. Buches.
Er sagt: „Man muß sich klar machen, wie es denn komme, daß
oft aus einer so großen Schar Lernender, denen es weder an Be-
gabung noch an Fleiß fehlt, doch so Wenige zu wirklicher Gelehr-
samkeit gelangen. Und wenn ich auch von Jenen schweige, die von
Natur stumpf und langsam zum Begreifen sind, so bewegt mich
doch das am meisten und erscheint einer Untersuchung würdig,
woher das geschieht, daß zwei mit gleicher Auffassungsgabe und
gleichem Eifer Begabte zwar ein und denselben Unterricht auf sich
wirken lassen, aber doch nicht gleich fortschreiten. Der eine erfaßt
schnell, was er sucht, ein anderer bemüht sich lange und schreitet
wenig vorwärts. Aber das Eine muß man wissen, daß bei jeder
Aufgabe zweierlei notwendig ist: zuerst natürlich das Werk an sich
und dann eine Methode (ratio operis)." Gemeint kann nur sein
das Was und das Wie, also die Materie der Aufgabe und die

---

38) Erud. didasc. lib. III, cap. 14.

Form, in welcher sie darzubieten (anzueignen) ist. „So ist es sicherlich bei jeder Art Studium. Wer ohne klare Sichtung des Stoffes (discretio) schafft,. der arbeitet zwar, aber er kommt nicht vorwärts und er zerstreut, gleichsam die Luft durchrauschend, seine Kräfte in den Wind. Denke dir, es gingen zwei zugleich durch den Wald; der eine auf allerlei Um= und Abwegen, der andere auf dem geradesten Wege: sie können sich beide auf gleiche Weise an= strengen und sie werden doch nicht zu gleicher Zeit an das Ziel kommen." So finden wir im 5. Buche der „Erud. didasc." eine sehr weit= und tiefgehende Würdigung des Wertes der Methode, indessen er ist damit noch nicht zu Ende. Den von ihm besonders klar erkannten und durchgeführten Gedanken: der Lehrer schreite vorwärts vom Leichten zum Schweren, vom Einfachen zum Zu= sammengesetzten, vom Nahen zum Fernen u. s. w., nimmt Hugo noch einmal in Kap. I des VI. Buches der „Erud. didasc." auf. Er sagt da: „Verachte nicht in der Wissenschaft die gering scheinen= den Anfangsgründe. Alle, die das thun, kommen bei ihren Studien nach und nach immer mehr herunter. Wenn du das Alphabet zu lernen unterlassen hättest, so würdest du jetzt nicht einen so großen Namen unter den Grammatikern haben. Ich weiß, daß einige so= gleich philosophieren wollen und die Fabeln (und Märchen) für Narretei erklären. Ihre Wissenschaft hat aber auch eine rechte Eselsgestalt (quorum scientia formae asini similis est). Diesen ahme nicht nach (parvis imbutus tentabis grandia tutus)! Der schreitet am besten fort, der in aller Ordnung fortschreitet (illum incedere aptissime, qui incedit ordinate). Das steht fest, daß mancher, der große Sprünge machen will, in den Abgrund stürzt (quidam, qui, dum magnum saltum facere volunt, in praecipitium incidunt). Wie in den Tugenden, so sind auch in den Wissen= schaften gewisse Stufen (einzuhalten) (Sicut in virtutibus, ita in scientiis quidam gradus sunt). In der Unterrichtsstunde scheint Hugo es geliebt zu haben, zuerst kurze Übersichten über das zu Behandelnde zu geben und dann die weitere Ergänzung. Auf Vorstellungs=Zentren möchte er aufbauen, sie erweitern. Davon zeugen die folgenden Worte im IV. Kapitel des VI. Buches der „Erud. didasc.": Debet siquidem prudens lector curare, ut ante- quam spatiosa librorum volumina prosequatur. sie de singulis, quae magis ad propositum suum pertinent, instructus sit, ut quaecumque postmodum invenerit, tuto superaedificare possit. Vis enim in tanto librorum pelago et multiplicibus sententiarum aufractibus est, quae et numero et obscuritate animum legentis confundunt. Aliquid unum colligere poterit (magister), qui prius summatim in unoquoque, ut ita dicam, genere, aliquid certum principium firma fide subnixum, ad quod cuncta refe- rantur, non agnovit. — Dazu bemerkt Schumann a. a. O. S. 60: „Beachtenswert ist die Regel, daß alles zum besseren Behalten summarisch zusammengefaßt werden soll, damit die Hauptsache behalten wird, an die sich alles leicht anschließt, während allzugroße Vereinzelung das Gedächtnis abstumpft, sodann die Erinnerung an fleißige Wiederholung, „damit die Sache gleichsam aus dem Magen in den Mund des Gedächtnisses zurückgebracht werde (cf. lib. III, cap. 12 Erud. didasc.)."

Daß Hugo nicht bloßer Theoretiker, der Regeln in Menge giebt und wenige selbst befolgt, gewesen ist, wird aus fast allen seinen Schriften ersichtlich, denn er giebt fast immer, um nicht dem flüchtigen, das Gedächtnis schwächenden Darüberhinlesen Vorschub zu leisten, bei jedem neuen Abschnitte in seinen Büchern vorher einen kurzen Entwurf und wiederum am Schlusse eine kurze Rekapitulation des Stoffes. Fast alle diese methodischen Grundsätze, gewiß trefflich in ihrer Art, sind dennoch zu Hugos Zeit Stimmen in der Wüste gewesen, — bald verhallt und vergessen: viele von diesen Grundsätzen haben spätere Pädagogen, Baco, Luther, Komenius, Locke u. a. wieder aufgenommen — vieles davon bleibt heute noch methodisches Ideal, dem wir mit Recht nachstreben.

C. Das Lehrer-Ideal des Hugo v. St. Victor.

Jeder Lehrer hat sich nach Hugos wiederholt geäußerter Meinung im sorgfältigen und gewissenhaften Studium des Triviums und Quadriviums die wissenschaftlichen Grundlagen seiner Lehrfähigkeit zu erringen. Hugo wendet sich scharf gegen diejenigen, welche, um Zeit und Mühe zu sparen, den ordentlichen Studienweg verlassen haben und nun lehren, indem sie ihre Weisheit aus Büchern zusammenholen. Da sei es doch etwas ganz anderes um die recht ausstudierten Leute. „Man erzählt," sagt er,[39] „daß es Leute gegeben habe, die die sieben freien Künste so vollständig inne gehabt hätten, daß sie im stande gewesen seien, auch Schweres mit geringer Mühe (ohne lange Vorbereitung) zu lösen und aufzuklären. Sie hatten nicht nötig, ihre Zuflucht zu Büchern zu nehmen, sie hatten alles im Kopfe. Die Lehrmeister unserer Zeit aber haben erst viele Vorbereitungen nötig, — sie wissen nicht den einzig richtigen Weg beim Lernen: deshalb haben wir auch so viele Studierende und so wenig Weise." Gründliche und gewissenhafte Vorstudien sind untrennbar mit Hugos Lehrerideal verbunden, keine Wahrheitserkenntnis darf der werdende Lehrer gering schätzen, so einfach und auf der Hand liegend sie auch sei (cf. das omnis scientia bona est III, 14). An einer anderen Stelle (III, 19) führt Hugo aus, man erkenne den Lehrer, der die Wissenschaft am besten inne habe, vor allem daran, daß er mit weiser Selbstzucht die höchste Demut verbinde. Ein Wehe! ruft er den Lehrern zu,

---

39) Erud. didasc. lib. III, cap. 3 (tom. II, col. 768, Migne).

die sich in ihrem Unterrichte nicht zügeln können, die nur glänzen wollen mit ihrem Wissen, nicht aber unterrichten. „Möge Gott sie einst nicht schlimmer richten, als ich sie verurteile," so schließt Hugo seine diesbezüglichen Ausführungen. Ebenso wie die hochmütigen und wissensstolzen Lehrer verachtet Hugo die habsüchtigen, die allezeit nach materiellen Gütern und Vorteilen trachten. Sich hier so anspruchslos als nur möglich zu zeigen, übt den größten Einfluß auf den Charakter des Lehrers aus. „Parcitatem [40] quoque lectoribus suadere volo, id est superflua non sectari, quod maxime ad disciplinam spectat. — Pinguis enim venter sensum non gignit acutum!"

Diese Forderungen Hugos: Demut, Herzenseinfalt und allem materialistischen Wesen gegenüber Hochhaltung der Geistesgüter dürften wohl für alle Zeiten und Orte das vollgiltige Idealbild des rechten Lehrers an hohen und niederen Schulen sein und bleiben.

D. Das Schüler=Ideal des Hugo v. St. Victor.

Über Lebensalter, Beschäftigungen und Studien der Klosterschüler von St. Victor erfahren wir am meisten aus jenem fingierten Gespräche eines Lehrers mit einem Klosterschüler, das sich in der Schrift de vanitate mundi lib. I (tom. II, col. 709 ed. Migne) findet. Es hat folgenden Wortlaut: Lehrer: „Wende dich nun seitwärts zu anderem und schaue!" Schüler: „Ich habe mich gewandt (conversus sum)!" Lehrer: „Was erblickst du?" Schüler: „Ich erblicke eine Schule Lernender! Groß ist ihre Menge. Alle Lebensalter sind vertreten: Knaben, Jünglinge, Männer und Greise (sehe ich). Die einen üben ihre Zunge, noch ziemlich ungelenk, neue Laute auszusprechen und ungewohnte Töne hervorzubringen. Die anderen lernen die Beugungen, Zusammensetzungen und Ableitungen der Wörter kennen und zwar zuerst durch Hören, dann vergleichen sie diese Dinge miteinander und prägen sie durch Wiederholungen dem Gedächtnisse ein. Andere bilden mit dem Griffel Buchstaben in Wachstafeln. Andere malen in mannigfacher Art farbenprächtige Figuren auf Pergament. Noch andere disputieren miteinander. Rechnende sehe ich gleichfalls. Noch andere erzeugen durch eine Saite, die über ein Holzstück gespannt ist, melodische Töne. Wieder andere beschäftigen sich mit Darstellung und Messung von Figuren. Wieder andere beschreiben den Lauf und die Bewegung der Sterne und die Bewegung des Himmels durch gewisse Instrumente, allen sichtbar! Einige ergehen sich über die Natur der Pflanzen, andere über die Lebensbedingungen des Menschen, wieder andere über Eigenschaften und Kräfte."

---

40) Erud. didasc. lib. III, 20 (t. II, p. 778).

Die Reflexionen, die Hugo an dieses Gespräch anknüpft, decken sich zum guten Teile mit den Bemerkungen, die er Erud. didasc. VI, 3 über seine eigene Schülerzeit giebt: „Ich versichere," heißt es da, „daß ich nie etwas, was sich auf den Unterricht bezog, verachtet habe, wenn es auch anderen nur Spiel oder Ergötzung oder Ähnliches war (deliramentum = Scherz und Possenspiel). Ich erinnere mich, daß ich mir in meiner Schülerzeit viele Mühe gab, die Namen aller möglichen augenfälligen Dinge (omnium rerum oculis subjectarum) aufzuschreiben, weil ich glaubte, dadurch die Natur der Dinge erforschen zu können." Hugo erzählt dann weiter, wie er sich abgemüht habe, Sentenzen, Propositionen und Kontroversen auswendig zu lernen, wie er durch das Spiel mit Steinchen rechnen gelernt, wie er durch Zeichnungen mit Kohle die geometrischen Figuren korrekt aufzufassen gelernt habe. Oft habe er die Winternächte durchwacht, um die Sternbilder zu beobachten. „Das will ich dir aber, lieber Leser," fährt er fort, „nicht etwa vortragen, um mein Wissen ins Licht zu stellen, sondern um zu zeigen, daß ein jedes Ding dann am richtigsten begriffen werde, wenn man in rechter Ordnung vorwärts schreitet."

Das Ideal des Lernenden ist dem Hugo demnach der eifrige, vielseitige, selbständige und selbstthätige Schüler, der, von unmittelbarem Interesse getrieben, stets in regelrecht geordnetem Gange seinen Studien obliegt. Wir müssen zugeben, daß vieles Richtige und dauernd Giltige in Hugos Idealbild des Schülers liegt, wenn auch nicht verkannt werden darf, daß die neuere Schule mit Recht den ludus=Begriff, den die mittelalterliche (auch die von St. Victor unter Hugos Leitung) mit der altrömischen Schule gemein hat, aus dem Begriffe der geordneten Schule hinausgedrängt und im Gefüge der Schulordnung, des Lehr- und Stundenplanes und der Klassenordnung nach den Lebensaltern, ein festeres und rationelleres Gefüge gewonnen hat.

Besonders interessant und trefflich sind die Stellen, wo Hugo von den Anlagen und der Wißbegierde der Schüler spricht. Die „Anlagen" behandelt er in Kapitel 7 und 8 des III. Buches der „Didascalica". Er sagt da, daß drei Dinge zum Studium nötig seien: Anlage, Unterricht, Übung (ingenium i. e. vis naturaliter insita per se valens). Gute Anlagen beständen darin, daß durch sie das Gehörte leicht aufgefaßt und das Aufgefaßte leicht behalten würde. Mit der natürlichen Anlage sei es aber nicht gethan, Arbeit und Fleiß müssen hinzukommen und rechte Zucht müssen Wissen und Sitten zum Einklang führen. Schüler mit schlechten Anlagen gäbe es zweierlei: fleißige und träge. Jene würden immerhin etwas erreichen, diese müßten bald dahin kommen, daß sie auch das Geringste nicht faßten und der Sinn für die Wahrheit ginge ihnen mehr und mehr verloren. Das schlimmste Zeichen ist, wenn sie anfangen, das Wissen überhaupt zu verachten.

„Nescire siquidem infirmitatis est, scientiam vero detestari pravae voluntatis!" Auch die gut Beanlagten unterscheiden sich nach Hugo durch die verschiedenen Grade des Bildungseifers; viele unterdrückten ihre Anlagen durch Zersplitterung in der Übernahme aller möglichen Geschäfte des Lebens, durch Sorge ums tägliche Brot oder durch allerlei Laster und körperliche Vergnügungen. — Gute Anlagen werden sich bei den Schülern nach zwei Seiten hin zeigen: auf der einen Seite in einer leichten und sicheren Auffassungsgabe, anderseits in einem guten Gedächtnisse. Diese beiden gehören unauflöslich zusammen, denn die Auffassung findet und das Gedächtnis bewahrt die Weisheit. Aber beide (auch die Auffassungsgabe) werden durch rechten Gebrauch erhöht und durch regelmäßige Übung erweitert. Alles aber muß mit weisem Maße geschehen, denn durch Fehler darin (Überbürdung) wird das gerade Gegenteil, die Abstumpfung, erreicht (immoderato labore retunditur). Vom Interesse, als zweitem entscheidenden Faktor des rechten Lernens, spricht Hugo im 18. Kap. des III. Buches der Erud. didasc. „Die Forschbegierde (scrutinium) gehört mit der Meditation zur Übung. Es scheint aber, als ob die Forschbegierde unter dem Lerneifer mit inbegriffen sei. Aber doch muß man wissen, daß zwischen beiden, zwischen der Forschbegierde und dem Eifer für das Lernen, der Unterschied besteht, daß der Lerneifer nur eine Stufe des Werkes bezeichnet, die Forschbegierde aber darüber hinausstrebend das anhaltende Nachdenken (diligentia meditationis)." — Will Hugo hier auch nicht direkt ein Schüler-Idealbild entwerfen, so wird es doch durchaus nach Hugos Geiste sein, diese Forderungen ganz auf seine Schüler zu beziehen, denn Lehrer und Erzieher konnte ein Hugo auch den verhältnismäßig älteren Ordensbrüdern doch noch sein. Jedenfalls hat Hugo in der Beurteilung seiner Schüler, wie es namentlich die Bemerkungen über die Anlagen zeigen, die rechte Mitte zwischen unfruchtbarem Pessimismus und unklarem Optimismus in trefflicher Weise gefunden.

E. Spezielle Methodik.

1. Die Vierteilung von Theorik, Logik, Praktik und Mechanik.

Hugo v. St. Victor unterscheidet in seiner „Didascalica" (Buch II, Kap. 2, III, 1 u. a.) 4 Hauptdisziplinen, deren erste in der von ihm betonten methodischen Reihenfolge die Logik ist; ihr folgt die Praktik, dann die Theorik, zuletzt die Mechanik. In den näheren Ausführungen weicht Hugo indessen meist von dieser Reihenfolge ab, indem er die Theorik zuerst darstellt. Diese umfaßt, wie schon der Name andeutet, die rein theoretischen Wissenschaften, nach Hugos Ansicht 3 Disziplinen: Theologie, Mathematik

und Physik. Die Theologie[41]) ist die Wissenschaft von dem un
aussprechlichen Wesen Gottes und von den Kreaturen. Die
Mathematik ist die Lehre von den abstrakten, d. i. durch den Verstand von der Materie abgelösten Verhältnissen. Sie umfaßt das
ganze Quadrivium: Arithmetik, Geometrie, Musik und Astronomie.
Nach der Theologie und der Mathematik kommt die Physik,[42]) d. i.
die Lehre von den unsichtbaren Ursachen der sichtbaren Dinge. Sie
hat entweder die Ursachen aus den Wirkungen zu erforschen oder
die Wirkungen aus den Ursachen (Induktion und Deduktion).

Von der zweiten Hauptdisziplin, der Logik, spricht Hugo im
12. Kapitel des I. Buches der Erud. didasc.[43]) Die Logik lehrt
die Kenntnis, recht zu reden und scharfsinnig zu disputieren (logica,
quae recte loquendi et acute disputandi scientia praestat).[44])
An diesen Stellen läßt sich (die einzelnen Sätze stehen verstreut)
Hugo auch darüber aus, weshalb es geraten sei, die Logik lieber
zuerst zu stellen: die festeste Wahrheit sei in der Vernunft, und
die Logik gebe die Grundwahrheiten für das folgende Studium der
Mathematik und Physik. Unter der Logik bringt nun Hugo das
gesamte Trivium in folgender Weise unter:[45]) Die Logik ist zuerst
ratio disserendi, dann demonstratio probabilis und demonstratio
sophistica. Dort liegt das Recht der Grammatik, in der Mitte
ruht die Rhetorik und zuletzt kommt in der demonstratio sophistica
die Dialektik zur Erscheinung. Im Anfange des 3. Buches der
Erud. didasc. spricht Hugo von seiner dritten Disziplin, der Praktik.
Sie umfaßt die 3 folgenden Wissenschaften: Ethik, Ökonomik und
Politik als individuelle, private und öffentliche Praktik. Die individuelle Praktik lehrt, wie ein jeder sein eigenes Leben mit ehr-
barer Tugendübung ausschmücke (Ethik). Die private Praktik zeigt,
wie die Familien zu leiten seien (Ökonomik). Die öffentliche Praktik
endlich lehrt, wie ein ganzes Volk und ein Stamm von seinen
Fürsten und Oberen gelenkt werden müsse (Politik). Über die
vierte seiner Disziplinen, die Mechanik, endlich spricht Hugo in
Kapitel 21—28 des II. Buches der Erud. didasc. Sie giebt uns
eine Art nationalökonomischer Theorie von Handwerk und Gewerbe.
Nicht nur mit hoher Weisheit hat sich nach Hugos Meinung[46])
die Philosophie zu beschäftigen, sondern sie muß sich auch auf die
Hantierungen des gemeinen Lebens richten. „Potest enim idem
actus et ad philosophiam pertinere secundum rationem suam
et ab ea excludi secundum administrationem. Obwohl z. B.,"
so führt er aus, „der Ackerbau Sache des praktischen Landmannes

---

41) Vergl. Lib. II, 3 extr.
42) Vergl. Lib. II, 17.
43) cf. bei Schumann a. a. O. S. 28.
44) Erud. didasc. Lib. I, cap. 13.
45) Erud. didasc. Lib. II, cap. 31.
46) Erud. didasc. I, 6. — II, 2 u. 21.

iſt, ſo iſt die Erforſchung ſeiner tieferen Prinzipien doch Sache der
Philoſophie und Wiſſenſchaft. Hat aber ein Philoſoph die Prinzipien eines rechten Ackerbaues entdeckt, ſo wird er ſie auch andere
lehren wollen, und ſo erweiſt ſich z. B. die Berechtigung eines ge-
wiſſen Unterrichtes in den Agrikulturwiſſenſchaften von ſelbſt.“
Hugo wird hier ganz gewiß zu einer ſehr intereſſanten geſchicht-
lichen Figur, nicht nur für den Pädagogen und Philoſophen, ſon-
dern auch für den Nationalökonomen. Auf ganz dieſelbe Weiſe
wie auf eine gewiſſe Theorie der Landwirtſchaft führt uns Hugo
auf eine Theorie des lanificium (Weberei), der armatura (Waffen-
ſchmiedekunſt), der navigatio (Schiffahrt), der venatio (Jagd), der
medicina (Heilkunde), der theatrica (Schauſpielkunſt). Überhaupt
bringt er in der Mechanik alle möglichen Künſte und Gewerbe
unter, z. B. die Kochkunſt unter der Theorie von der Jagd.

An der leicht kontrolierbaren Stelle, wo Hugonin in ſeiner
Einleitung zur ed. Migne die 4 Grunddisziplinen Hugos beurteilt,
ſagt er: „Wir haben durchaus nicht den Wunſch, die Klaſſifikation
des Hugo in allen ihren Teilen und beſonders in bezug auf die
Erläuterungen, die er zu jeder Wiſſenſchaft im einzelnen giebt, gut
zu heißen, aber wir müſſen in allem ein wahres Prinzip anerkennen,
daß nämlich Hugo nur ein hohes Ziel aller Wiſſenſchaften kennt:
die Wahrung der öffentlichen Wohlfahrt (la science n'a pas pour
but direct que l'accroissement de la fortune publique). Die
Betrachtungen, die Hugonin daran knüpft, ſind wohl wert, hier
einen Platz zu finden: „Immer und immer wieder müßte das auch
unſerem materialiſtiſchen Zeitalter vorgehalten werden, daß der erſte
Zweck alles Unterrichtes Vervollkommnung des ganzen Menſchen
iſt, denn nur auf dieſer Grundlage erfolgen auch Fortſchritte der
Menſchheit.“ Wir bedauern, daß die Anſichten Hugos in St.
Victor praktiſch nicht durchgeführt worden ſind, Hugo blieb — oder
vielmehr mußte bleiben — in der Praxis doch bei der herrſchenden
trivialen Methode. Hugonin ſagt: „Hugues demeure fidèle à la
vieille méthode!“ Welches war nun die faktiſch geübte Schul-
praxis in St. Victor? Betrachten wir da zuerſt die Handhabung
der für die Kloſterſchule der Theologen natürlich wichtigſten Disziplin, den Religionsunterricht.

2. Die Methodik des Religionsunterrichtes.

Die hierher gehörigen methodiſchen Anſichten Hugos finden
wir, wenn auch nur implicite, niedergelegt in ſeinem Bibelkommen-
tare, einem Hauptbeſtandteile ſeiner geſammelten Werke. Das
Weſentliche im Religionsunterrichte iſt dem Hugo das Leſen, die
lectio, d. i. aber mehr als bloßes Leſen in unſerem Sinne, es iſt
Exegeſe und Textinterpretation. Das war doch dem Allerlei der
Scholaſtiker gegenüber wieder Gründung auf die Heilige Schrift.

Die Kommentare Hugos zeigen, daß derselbe es nicht liebte, gleich
seinen Vorgängern die Bibelerklärung einzig mit einem ungeord-
neten Chaos von Bemerkungen auszufüllen. Hugos Kommentare
sind wohl immer noch kompilatorische Werke, allein sie entbehren
doch nicht ganz der pragmatischen Anläufe. Die Methode ist das
Lesen, d. i. hier eine bestimmte Ordnung der Zergliederung. Teilung,
Erforschung und Entwickelung (investigatio) bilden den regelrecht
eingeschlagenen analytischen Gang. Hugo spricht selbst darüber
Erud. didasc. VI, 12: Partiendo dividimus, quando ea, quae
confusa sunt, distinguimus, — investigando dividimus, quando
ea quae occulta sunt, illustramus. Recht brauchbar sind hier die
Erklärungen, die der Schüler (im weiteren Sinne) und Fortsetzer
der pädagogisch-litterarischen Arbeit Hugos, Vincent v. Beauvais,
in Kap. XIV seines tractatus de eruditione filiarum regalium
von dieser Methode giebt. Sie sind deswegen bedeutungsvoll, weil
Vincent dieselbe Methode anwandte, wie Hugo. Er sagt: modus
legendi constat in dividendo, ut cum ab universalibus ad parti-
cularia descenditur, sic paulatim eorum quae continetur natura
investigetur.[47]) Es finden sich oft Analysen eines religiösen
Stoffes in der Art, daß recht gut Katechesen im Sinne des vorigen
Jahrhunderts daraus gesponnen werden könnten. Hugo ist Religionslehrer im umfassendsten Sinne; bald ist er Theolog, bald
Historiker, bald Philosoph. Geschichtsforscher, wenn auch in eigen-
tümlicher Weise, ist er z. B. im Genesiskommentare,[48]) Homilet im
Predigerkommentare. Das größte Verdienst Hugos ist es, den
Wortsinn der Heiligen Schrift wieder zur Geltung gebracht und
weit weniger als seine Zeitgenossen auf allegorische und anagogische
Deuteleien gegeben zu haben, womit freilich nicht gesagt sein soll,
daß er die Fesseln seines Zeitgeistes, die scholastische spitzfindige
Art und Weise, völlig abgestreift habe. Auch im Religionsunterrichte hat Hugo akroamatisch gelehrt; eine Katechese in unserem
Sinne hat er natürlich noch nicht gekannt, wohl aber giebt er sich
Mühe, in echt sokratischem Geiste eine Fülle von Beispielen aus
der Natur und dem Menschenleben herbeizuziehen, um allgemeine
Religionswahrheiten zu analysieren. Es dürfte interessant sein,
hier Alkuins[49]) und des Rhabanus Maurus[50]) ähnliche Ansichten
zu vergleichen. Darüber, was gelesen, d. h. studiert werden soll,
spricht Hugo in den ersten Kapiteln des VI. Buches der „Didascalica“.[51]) Man müsse besonders Genesis — Chronika, die Evangelien und die Apostelgeschichte lesen. Doch sei es wohl auch
nützlich, die ganze Bibel kursorisch in der gewöhnlichen Reihenfolge

---

47) Vergl. hierzu Friedrich a. a. O. S. 30.
48) Vergl. hierzu Hauréau a. a. O. S. 3—7.
49) cf. Schmidt-Lange, Gesch. der Pädag. t. II. p. 220.
50) cf. Köhler über Rhabanus Maurus a. a. O. S. 10 med.
51) cf. Didasc. Lib. VI. cap. 1—4.

durchzulesen, man müsse aber dabei sowohl Nachlässigkeit als über-
triebene Genauigkeit vermeiden. „Schreite geordnet einher, vom
Schatten kommt man zum Körper, vom Vorbild zur Sache, vom
alten zum neuen Testamente. Halte dich nicht lange beim alten
Testamente mit mühsamen Erklärungen der Vorbilder und mystischen
Ausdrücke auf, ehe du zu den Evangelien schreitest." Während er
so einer kurzen prägnanten Wort- und Satzerklärung in recht ver-
ständiger Weise das Wort redet, empfiehlt er in Kap. 4 doch noch
die Allegorie für mancherlei Zwischenfälle. „Wenn der bloße
Wortverstand nicht ausreicht oder gar zu Widersprüchen und Ab-
geschmacktheiten führt, da muß dann die Allegorie eintreten." Doch
soll auch die Allegorie nicht roh und plump sein, — man dürfe
bei aller Feinheit der Forschung doch das Maßhalten nie ver-
lieren (hoc studium non tardos et hebetes sensus, sed matura
ingenia expetere, quae sic investigando subtilitatem teneant, ut
in discernendo prudentiam non amittant)! [52]) Zu solch allego-
rischer Auslegung eigneten sich besonders der Anfang der Genesis
(das Sechstagewerk), die 3 letzten Bücher Mosis, der Anfang und
Schluß des Ezechiel, Jesaias, Hiob, Psalter, Hoheslied, Matthäus
und Johannes, die Offenbarung Johannis, besonders aber — und
hier können wir am allerwenigsten beistimmen — die Briefe Pauli,
vor allem die sogen. katholischen Briefe. [53]) Bei der allegorischen
Auslegung muß eine ganz andere Methode als bei der historischen
innegehalten werden. „Die Historie [54]) folgt der Ordnung der
Zeit, die Allegorie aber der Ordnung des Verständnisses (ordo
cogitationis), weil die Lehre immer nicht von dem Dunklen, sondern von dem Leichten und Bekannten ausgeht." Daraus folgt,
daß man mit der Auslegung des neuen Testaments, in dem die
Wahrheit klar ausgesprochen wird, beginne und dann erst zum
alten Testamente übergehe, in dem die Wahrheit nur wie in
schattenhaften Vorbildern geahnt wird. Es ist zwar in beiden dieselbe Wahrheit, aber dort verborgen, hier offenbar, dort verheißen,
hier wirklich. Erst der Löwe aus dem Stamme Juda hat das
Siegel gelöst. Weiterhin ist zweierlei notwendig bei der Schriftauslegung: zuerst, daß man nicht alle Tage mit seiner Meinung
wechsle, dann, daß man sich vor aller Willkür hüte, und daß der
Schriftausleger es sich immer vorhalte: der Buchstabe tötet, aber
der Geist macht lebendig. Das sind gewiß Worte, deren sich auch
kein zeitgenössischer Religionslehrer auf Kanzel und Katheder zu
schämen brauchte. Ebenso mustergiltig für alle Zeiten sind Hugos
Bemerkungen gegen jene Schönrednerei und das manierierte Wesen,

---

52) cf. zu dem Ganzen Schumann a. a. O. S. 53.
53) Schumann a. a. O. spricht wohl irrtümlich von „kanonischen"
Briefen Pauli.
54) Erud. didasc. VI, 6.

das, wie zu allen, so auch zu unserer Zeit verderblichen Einfluß vielfach geltend macht. Hugo sagt:[55] „Wer in der Schrift forscht, der muß in derselben nicht sowohl vom Schmucke der Sprache (coloro dictaminis), als vielmehr von den Reizen und Antrieben zur Tugend sich anziehen lassen. Nicht sowohl die Pracht der Rede und die Kunst der Worte, als vielmehr die Schönheit der Wahrheit muß ihn fassen. Er bedenke auch, daß es zu seinem Vorhaben nicht taugt, wenn er (von eitler Wissensgier getrieben) sich vorzugsweise auf das Grübeln in dunklen und tiefsinnigen Büchern legen will, weil dadurch der Geist mehr ermüdet als erbaut wird, nur zu leicht beim bloßen Studieren bleibt und darüber das geistliche Leben vernachlässigt. Man muß also die Schrift nicht so lesen, daß man sich übermäßig anstrengt und abmüht und die innere Freudigkeit verliert, denn das heißt nicht philosophieren, sondern Kleinkrämerei treiben (non philosophari, sed negotiari). Man muß auch nicht zuviel lesen, damit nicht, was zur Erquickung dienen sollte, Erstickung bewirke.“ Daß Hugo hier immer und immer wieder neben der Lehre den Wandel der Religionslehrer als maßgebend betont, ist wohl selbstverständlich. Trefflich sagt er lib. V, cap. 8: Si monachus es, quid facis in turba? Si amas silentium, cur declamantibus assidue interesse delectaris etc.[56] Daß, nebenbei bemerkt, in diesen Erörterungen sowohl, als in der über die Lernenden (cf. oben) Boëthius vielfach die Quelle des Hugo gewesen ist, dürfte Kennern dieses Philosophen ziemlich klar sein. Im übrigen dürfte es in bezug auf höhere theologische Ausbildung auch hier gelten, was Köhler[57] in der Klosterschule zu Fulda unter Rhabanus Maurus als Studienmaterial vermutet, wenn er sagt: „Zum Zwecke der höheren theologischen Ausbildung der Kleriker dienten neben den biblischen Kommentaren Bedas, Alcuins und Hrabans (wozu hier noch die Kommentare Hugos kommen) hauptsächlich die theologischen Schriften des Cassiodor und Hieronymus und die Werke Gregors, Augustins, Isidors und anderer.“ —

3. Die weltlichen Wissenschaften.

a) Hugos allgemeine Stellung zu den weltlichen Wissenschaften.

Hugos Stellung zu den weltlichen Wissenschaften ist eine ganz eigentümliche. Auf der einen Seite ist er ein freier und selbständig denkender Gelehrter, der sich über viele Vorurteile seiner Zeit hinwegsetzt, auf der anderen Seite ist er doch theologisch und

---

55) cf. Erud. didasc. Lib. V, cap. 7.
56) Vergl. hierzu des weiteren Schumann S. 51 Anm.
57) cf. Köhler a. a. O. S. 10.

mönchisch beschränkt. Der Widerspruch seines Geistesfluges mit der
äußeren Stellung, die sein Leben bestimmte, sowie die ganze Gäh=
rung der Zeit, die in Nominalismus und Realismus, Anselm und
Abälard ihren sprechenden Ausdruck fand: das hat den Mann ge=
schaffen. Auf der einen Seite ist er von Freiheitssinn durch=
drungen. Er zitiert nie einen christlichen Dichter, wohl aber oft
die auch von einem Vincent verachteten Heiden. „Les poètes
chrétiens devaient être, pour ce maître classique, des barbares,"
sagt Hauréau.[58]) Wo der spätere Vincent v. Beauvais seine rigo=
ristischen Ansichten ablegt und überraschend freie Bemerkungen
macht,[59]) da knüpft er meist an Hugo v. St. Victor an.[60]) Ganz
bezeichnend für dieses sein „freisinniges" Gepräge ist das jedenfalls
von seinen orthodoxeren Klosterbrüdern erfundene Totengespräch.
„Hugo erschien nach seinem Tode," so erzählt Eudes de Shirton[61])
in einer seiner Predigten, „einem der Zeugen seines Todes. Zwei
Dämonen waren bei dem Lehrer, die ihn geißelten. Der Bruder
frug ihn, wie er das verdient habe. „Ich bin," antwortete er,
„allzu ehrgeizig gewesen in bezug auf das Wissen und Erkennen
(propter gnosin). Bittet für mich!"" Charakteristisch ist auch,
was heute noch der (katholische) Hauréau in seiner Einleitung
(S. VIII) über Hugo sagt: Nous avons dit ailleurs notre senti-
ment sur la doctrine qui fut toujours dominante à Saint-Victor,
doctrine assurément très respectable, que nous respectons, mais
que nous sommes loin de professer. Hat doch Hauréau
überdies die Ansicht, daß die ganze Eruditio didascalica ursprüng=
lich aus einer Folge von Werken oder kleineren Arbeiten bestanden
habe, die alle den Zweck gehabt, die weltlichen Wissenschaften der
theologischen Wissenschaft gegenüberzustellen. Um den dadurch her=
vorgerufenen unkatholischen Eindruck zu verwischen, sei dann später
die Verquickung des Werkes mit theologischen Materialien anderer
Schriftsteller vorgenommen worden.[62])

Das ist die eine Seite der Stellung Hugos zu den welt=
lichen Wissenschaften. Auf der anderen Seite freilich tritt der
mittelalterliche Theolog und Augustinermönch in seiner Beschrän=
kung klar hervor. In lib. I seiner Schrift de vanitate mundi,
die auf Schritt und Tritt das Studium des Boëthius verrät,
spricht Hugo wiederholt auch von weltlicher Wissenschaft, aber er
thut es da nur mit dem ausdrücklichen Hinweise darauf, daß man
über derselben ja nicht die höchsten Ziele des Menschen vergessen
solle. Das wäre noch erträglich, allein er geht noch weiter. Alle

---

58) Hauréau a. a. O. S. 105.
59) cf. dazu Friedrich a. a. O. S. 29, al. 2.
60) Dieselbe Beobachtung bei Friedrich a. a. O. S. 42, al. 4.
61) Mitgeteilt von Hauréau a. a. O. S. 96.
62) Das ist doch wohl der Kern der Ausführungen Hauréaus a. a. O.
S. 100 u. 101, wenn man zwischen den Zeilen liest.

weltlichen Wissenschaften sollen der Theologie und vorzugsweise der Schrifterklärung dienen! Man würde über diese Doppelstellung nicht klar werden, wenn man nicht bedächte, daß Hugo in solchen Äußerungen sich an seine Autoritäten Augustin (cf. de doctrina christiana lib. II) und Cassiodorus (cf. de institutione divinarum litterarum cap. 18) angeschlossen und nicht gewagt haben wird, über sie in so entscheidenden Fragen prinzipieller Art hinauszugehen. Besonders aber steht Hugo in den weltlichen Wissenschaften auf den Anschauungen des Rhabanus Maurus. Die Werke dieses großen Fuldaer Schulmannes können uns hier viele wertvolle Aufschlüsse geben, nach denen wir bei Hugo vergebens suchen. Wir erkennen dort, daß mit dem Unterricht in weltlichen Wissenschaften kein methodisches Lehren und Lernen, wie es unsere Schulen zeigen, gemeint sein kann. Der mittelalterliche Lehrer hatte oft nur die Aufgabe, die Schüler zu überwachen, zuweilen wohl auch Aufgaben zu stellen und die schwierigsten Denkoperationen einzuleiten oder zu klären. Sah man ferner auch darauf, daß gewisse Gegenstände beim Lernen betont wurden (legere), so kannte man doch weder die feste Ordnung der Disziplinen noch regelrechten Klassenunterricht. Die artes liberales und Religion, das mußte wohl jeder Klosterschüler treiben, alles andere war freigestellt. Während also auf dem Trivium und Quadrivium noch eine besondere, gewissermaßen obligatorische Betonung lag, so wurden geschichtliche, geographische und naturgeschichtliche Bemerkungen nur gelegentlich eingestreut. Bei der Erklärung des Pentateuchs mußte man Bemerkungen über ägyptische Geschichte einstreuen, und Hinweise auf Assyrisches und Babylonisches gaben die Bücher der Könige von selbst an die Hand. Die Lektüre der alten Klassiker mußte hin und wieder zu Bemerkungen rein geschichtlicher oder kulturgeschichtlicher Art führen. Auch geographischer Hinweise konnte man nicht ganz entbehren. „Arithmetik, Geometrie und Astronomie standen in zu enger, sachlicher Beziehung zu einander, als daß sie ganz getrennt von einander im Unterrichte behandelt sein sollten. Je weniger die Wissenschaften in sich selbst ausgebildet waren, desto näher lag es, ihren Zusammenhang miteinander aufzusuchen und darzustellen." [63]

b) Die Lektüre der alten Klassiker und das Trivium.

Hugo v. St. Victor ist ein begeisterter Lobredner der klassischen Studien. „Die Alten," [64] spricht er, „haben viele Denkmale einer hohen Geisteskraft hinterlassen, darin ein reicher Schatz von Kenntnissen niedergelegt ist. Diese ihre Leistungen ziehen wir auch

---

63) Köhler a. a. O. über Rhabanus Maurus S. 33, al. 1.
64) Introd. in comment. in cœl. Dionysii hierarch. ed. Migne I, pag. 925.

allen anderen der Art vor. Wir treiben die Künste und Wissen=
schaften, die sie durch den ihnen verliehenen Scharfsinn und Geist
erfunden und der Nachwelt in Schriften aufbewahrt haben: ihre
Logik, ihre Ethik, ihre Mathematik u. s. w." [65])

Hugo war selbst ein trefflicher Lateiner,[66]) der Stil des
„alter Augustinus" steht der klassischen Ausdrucksweise sehr nahe.
Abälard, Joh. v. Salisbury und Hugo v. St. Victor, das dürften
wohl die drei Ciceronen des Mittelalters sein. Die Nebenfrage,
ob Hugo auch des Griechischen oder gar des Hebräischen mächtig
gewesen, die Schumann a. a. O. negativ entscheidet, beleuchtet
Hauréau (a. a. O. S. 104) in interessanter Weise, wenn er sagt:
Hugo a un prologue, à la suite duquel on voit deux alphabets,
l'un hébreu, l'autre grec, qui nous apprennent comment, au
XIIe siècle, on prononçait les lettres de ces deux langues.
L'auteur (Hugo) ne les connaissait guère mieux l'une que
l'autre, et il montre cette ignorance lorsqu'il confond l'ypsilon
des Grecs et le vau des Hébreux. — Obwohl dem Verfasser
wegen des Areopagiten=Kommentars anfänglich Bedenken beigingen,
so ist doch wohl die Vermutung, daß Hugo durchaus nach latei=
nischen Übersetzungen arbeitete, ebensowenig wie bei dem neuen
Testamente anzuzweifeln. Was den Unterricht in den beiden
Sprachen anlangt, so können wir uns für Hugo und St. Victor
wohl getrost Dem anschließen, was Köhler (a. a. O. S. 14) über
Fulda und Rhabanus Maurus (kühn) behauptet: „Ebensowenig,
wie die griechische, hatte auch die hebräische Sprache einen Platz
im Unterrichte. Wir können (trotz aller Einwendungen) nicht
glauben, daß diese Sprachen Gegenstand des Unterrichts in Fulda
(wie in St. Victor) waren, denn dann müßten Hraban und seine
Schüler (— wie: Hugo und seine Schüler) ein größeres Maß
hebräischer (wohl auch) griechischer) Kenntnisse in ihren Schriften
verraten." Aber desto mehr liebt Hugo die lateinischen Klassiker!
Fast auf jeder Seite finden wir Horaz, Cicero, Virgil (Virgil ist
der besondere Liebling Hugos — cf. Hauréau a. a. O. S. 105)
und Quintilian zitiert und zwar im Urtext mit Umgehung der
beliebten kirchenväterlichen Verwässerung, ein Zeugnis der flei=
ßigen Lektüre Hugos in diesen „Heiden". — Können wir nach
diesen Darstellungen Friedrich Recht geben, wenn er a. a. O. S. 29,
al. 3 über Vincent v. Beauvais sagt: „Ihm gleichen ebenso wie
dem Hugo v. St. Victor die Schriften der Weltweisen immerhin
einer übertünchten Wand (quasi lucens paries dealbatus), unter
der Falsches sich birgt; die reine Wahrheit ist doch nur enthalten
allein in der Bibel und den auf ihr fußenden Schriften: den

---

65) cf. dazu auch Schumann a. a. O. S. 13.
66) Wie man das von Vincenz v. Beauvais, der Hugo sonst am nächsten
steht, ganz und gar nicht sagen kann, zeigt Friedrich a. a. O. S. 42, al. 4.

Dekretalen der Päpste, den Kanones der Konzilien und den Schriften der rechtgläubigen Lehrer"? Gilt es demnach auch von unserem Hugo, daß er keinen Schritt über den Standpunkt seiner Zeit hinaustritt? Sind auch seine pädagogischen Anschauungen in die alten Fesseln kirchlicher Doktrin geschlagen? Wir müssen es leider bejahen, wenn auch nur zum Teil! Vincent ist in diesem Punkte doch befangener als sein Meister Hugo: als verderblich hat Hugo das klassische Studium nie verurteilt, und die Art und Weise dieser Unterrichtsfächer begründet er doch tiefer als Vincent. Hugo steht durchaus auf dem vermittelnden Standpunkte des Rhabanus Maurus, welcher in dessen Schrift de institutione clericorum III, 18 folgendermaßen gekennzeichnet ist: „Wenn wir aber die Gedichte und Bücher der Heiden wegen ihrer blühenden Beredsamkeit (propter florem eloquentiae) lesen, so müssen wir das Verfahren einhalten, welches Gott im Deuteronomium einem kriegsgefangenen Weibe gegenüber einzuhalten vorschreibt, daß nämlich der Israelit, wenn er selbige zum Weibe haben wolle, ihr das Haar scheren, die Nägel verschneiden und die heidnische Bekleidung wegnehmen müsse (Deuteron. 21, 11—13). So pflegen auch wir es zu machen, so müssen wir es machen, wenn wir die heidnischen Dichter lesen, wenn die Bücher weltlicher Weisheit in unsere Hände fallen. Finden wir etwas Nützliches in ihnen, so passen wir es unserem Glauben an, finden wir aber etwas Überflüssiges von den Götzen, von Liebe, von der Sorge um irdische Dinge, das müssen wir ausmerzen, da müssen wir das Schermesser ansetzen, das müssen wir wie die Nägel mit dem schärfsten Messer abschneiden." Daß Hugo wirklich dieser doch immerhin freieren Auffassung gehuldigt, beweist besser als jedes Zitat jene oben angeführte „Strafgeißelung Hugos im Fegefeuer" wegen zu freier Wissenschaftlichkeit. Doch wenden wir uns nun, da die klassischen Studien doch nur im Bereich des Triviums getrieben wurden, diesem selbst zu!

Den Reigen des Triviums [67]) eröffnet bei Hugo, wie überall, die Grammatik. Auf Seite der eigentlichen Grammatik hat Hugo nur wenig geleistet und seinen Schülern gewiß auch nur einen toten Sprachmechanismus überliefert. Hugonin erwähnt mehrfach in seiner Einleitung zur Migneschen Ausgabe einen noch ungedruckten Traktat Hugos de grammatica und Hauréau [68]) ver-

---

67) Die Einteilung des Triviums in Grammatik, Dialektik und Rhetorik ist dem Martianus Capella zuzuschreiben. Hugo geht über diesen Pädagogen hinaus, indem er das Trivium als Inhalt der Logik und das Quadrivium als Inhalt der Theorik hinstellt. In letztere weist er noch die Physik und die Theologie. Ganz neuen Spielraum gewinnt Hugo aber für zwei Wissenschaften, die Martianus Capella ganz ausläßt: die Ethik und die Mechanik. cf. übrigens oben.

68) Hauréau a. a. O. S. 103 u. 104. — Darnach befindet sich der Traktat in der Nationalbibliothek unter Nr. 7197, 7531, 14506 und 14669.

teidigt die Echtheit desselben. Hugonin (a. a. O. S. 17) giebt uns
ausführliche Inhaltsangaben dieser Schrift. Wir sehen daraus,
daß Hugo Auszüge gemacht hat aus Donat und Priscian: es ist
ferner klar, daß auch des Marcianus Capella grammatica, Bedas
cunabula grammatices, de arte metrica, de orthographia ihm vor-
lag und daß auch Alcuins und Rhabans grammatische Schriften
ihm nicht unbekannt waren. Das des näheren nachzuweisen, dürfte
hier wohl zu umfänglich werden, nur darauf sei hingewiesen, daß
eine kurze Inhaltsangabe der Grammatik Hugos die Geistesver-
wandtschaft dieses Werkes mit Hrabans Auszug aus Priscians
Grammatik sofort darthut. Der Inhalt der Grammatik Hugos ist
folgender: 1. Die Buchstaben. 2. Die Silben. 3. Satzbau. 4. Rede
im großen und ganzen. 5. Orthographie. 6. Analogie. 7. Etymologie.
8. Phraseologie. 9. Accente. 10. Barbarismen. 11. Soloicismen.
12. Tropen. 13. Fabel. 14. Geschichte u. s. w. u. s. w. In der
Ausführung findet sich ganz das heterogene Vielerlei, wie in den
angeführten Büchern der Vorgänger.[69])

Soweit über die Grammatik. Über das Verhältnis der
Grammatik zur Dialektik und Rhetorik urteilt Hugo folgendermaßen: „Die Kenntnis der Wörter[70]) wird in zweierlei erkannt,
in der pronuntiatio (Satzgefüge) und in der Bedeutung (signi-
ficatio). Allein auf den Ausdruck und Satz bezieht sich die
Grammatik, auf die Bedeutung allein bezieht sich die Dialektik, auf
Ausdruck und Bedeutung zugleich geht die Rhetorik." Wenn wir
Stil und Methode seiner polemischen Schriften im großen und
ganzen ins Auge fassen, so können wir wohl behaupten, daß der
(rühmliche) Scharfsinn, mit dem er auch die dunkelsten Probleme
zu lösen versucht und die Unermüdlichkeit, mit der er arbeitet, auch
seinem Unterricht in Dialektik und Rhetorik nicht fremd gewesen
sein dürften. In einem Punkte müssen wir aufrichtig mit Hugo
übereinstimmen, wo er nämlich jene Dialektik, die nur einer mecha-
nischen Dressur gleichsam, als geborene Feindin alles Unterrichts
betrachtet.[71]) In einer Zeit, in der die Dialektik für die Königin
der Wissenschaften galt, in der die bloße Suada des Dialektikers
zu den höchsten Ehrenstellen emporheben konnte — man denke nur
an die Anfänge der Fehden des Wilhelm v. Champeaux mit
Abälard —, ist der Mut Hugos, diese Scheinwissenschaft mit allen
Mitteln zu bekämpfen, ebenso bewundernswürdig als wertvoll;
denn wo Wortschwall und Wortwesen sich finden, muß alle Volks-
belehrung und Volkserziehung seicht werden.

---

69) cf. dazu die Inhaltsangabe von Rhabans Priscian-Auszug bei
Köhler a. a. O. S. 12.

70) De sacramentis. Prolog. cap. V. Migne II, p. 185.

71) cf. die Schlußkapitel des I. und die mittleren Kapitel des III.
Buches der Erud. didasc.

Wenn wir schließlich noch darauf hinweisen, daß auch dem Hugo das Trivium theologisch bestimmt ist, daß nämlich die Grammatik nur dazu dient, das Lesen der Heiligen Schrift zu ermöglichen, die Rhetorik und Dialektik aber nur zur Erlangung von Beredsamkeit und Schlagfertigkeit im Dienste des Glaubens, so dürfte dies gar nicht anders zu erwarten gewesen sein, haben wir doch trotzdem die Spuren eines freieren philosophisch-pädagogischen Denkens nicht ganz und gar vermißt.

c) Die vier Wissenschaften des Quadriviums.

Über Einheit, Zusammenhang und Anordnung der Fächer des Quadriviums sagt Hugo:[72] „Die Kenntnis der Sachen beschäftigt sich mit zweierlei, nämlich mit der Form und dem Wesen (natura). Die Form besteht in der äußeren Anordnung (des Stoffes), das Wesen in der inneren Beschaffenheit (forma est in exteriore dispositione, natura in interiore qualitate). Die Form der Sachen wird entweder nach der Zahl betrachtet, wie in der Arithmetik, oder nach dem Verhältnisse, womit es die Musik zu thun hat, oder nach der Ausdehnung, wie in der Geometrie, oder nach der Bewegung, womit die Astronomie sich beschäftigt.[73] Auf das innere Wesen der Dinge aber zielt die Physik" (eine neu von Hugo eingegliederte Wissenschaft). — Betrachten wir zunächst die Arithmetik und Geometrie in ihrer gemeinsamen Benennung als Mathematik. Die Mathematik ist dem Hugo nach lib. II, 4 der „Didascalica" die „abstrakte" Wissenschaft schlechthin (doctrinalis); denn — (eine eigentümliche Erklärung!) — matesis ohne aspirata (!) bezeichnet den Aberglauben Jener, die die künftigen Geschicke der Menschen in den Konstellationen suchen.[74] Daß Hugo hierbei an die pythagorisierenden Zahlenspielereien seiner Zeit denkt, ist klar. Die Mathematik war, wie Hugo in der Anmerkung zu cap. 3, lib. VI der „Didascalica" sagt, einst Lieblingsfach seiner Jugend gewesen, und er hat sich, wie dies sein Traktat de geometria zeigt, dann auch als Lehrer mit dieser Wissenschaft beschäf-

---

72) De sacramentis prologus cap. 5—6. Migne 11, p. 185.

73) Anderweite Erklärungen der Begriffe der Quadrivialwissenschaften finden sich lib. II, cap. 8—15: ἀριϑ, Graece, virtus interpretatur Latine, inde arithmetica virtus numeri dicitur. Virtus autem numeri est, quod ad ejus similitudinem cuncta formata sunt. — Musica a moy (?) i. e. bona sonoritas sine humore (moy = aqua?). — Geometria mensura terrae interpretatur, eo quod haec disciplina primum ab Aegyptiis reperta sit, quorum terminos, cum Nilus inundatione suo limo obduceret et confuderet, perticis et funibus terram mensurae coeperunt etc. Astronomia et astrologia in hoc differre videntur, quod astronomia de lege astrorum nomen sumpsit, astrologia autem dicta est quasi sermo de astris disserens.

74) cf. Schumann a. a. O. S. 30 u. 31. — Hugo denkt da an das griechische Wort μάτη = der Verstoß, das Fehlerhafte, der Irrtum.

tigt. Wenn er im Anfange des genannten Traktates sagt, daß er veranlaßt worden sei, die Anfangsgründe der praktischen Geometrie zu lehren und hinzufügt, daß er nur das in den Alten Zerstreute sammle, nicht aber Neues hervorbringe, so sehen wir deutlich seinen eklektischen Standpunkt, der ihn dazu führt, nur in Nebendingen eigentlich originell zu sein. Wir wissen über die Methodik der Geometrie ziemlich Genaues: sie läuft nach dem oben angegebenen Traktate Hugos, wie nach den Darstellungen seiner litterarischen Meister[75]) auf eine Definition von Körpern und Linien, der sogen. Soliden, und auf eine Darstellung der bezeichneten Raumgrößen, immer auf Grund der Euklidischen Darstellungen, hinaus. — Weniger unterrichtet sind wir über die Arithmetik. Hier fußte Hugos Unterricht aber jedenfalls auf den Angaben des Isidor von Sevilla, die, wie zu Fulda bei Rhabanus Maurus, so auch in der victorinischen Klosterschule Hugos maßgebend gewesen sein dürften. Es finden sich hier meist wunderliche Zahlenspeculationen und Spitzfindigkeiten. Von der Zahl Eins heißt's z. B.: [76]) non est ipse numerus, sed semen numeri. Die 64 ist pariter par, d. i. 6mal (die 6 eine gleiche Zahl) teilbar (64 = 2.32; 32 = 2.16; 16 = 2.8; 8 = 2.4; 4 = 2.2; 2 = 2.1). Impariter par ist dann 24 (24 = 2.12; 12 = 2.6; 6 = 2.3). Aus ziemlich dunklen Gründen heißt die 6 pariter impar und die 15 impariter impar. Die Schüler haben jedenfalls von jeder Zahl solche Namen gelernt und gewußt. Die kleineren Zahlen heißen comites: durch ihre Summierung entstehen duces. Zählt man das semen numeri 1 und den comes 2 zusammen, so entsteht der numerus superparticularis 3: zählt man aber diesen numerus superparticularis 3 und den comes 2 zusammen, so entsteht gar der numerus superpartiens 5. Das ist die Addition der Klosterschulen! Daß man bei dieser unendlich schleppenden und schwerfälligen Art kaum über das Multiplizieren hinausgekommen sein dürfte, ist sicher anzunehmen. Gewandtheit im Rechnen war ja auch gar nicht beabsichtigt, das überließ man dem alltäglichen Verkehre, sondern nur eine Einführung in die Zahlentheorie und Zahlenmystik. Wie unbegreiflich mühsam und schier unverständlich mit größeren Zahlen durch Arm- und Fingerbewegungen operiert wurde, davon weiß die Geschichte der Pädagogik[77]) aus jener dunklen Zeit genug zu berichten. [78])

Was die Astronomie betrifft, so ist sie nach Hugos sehr richtiger Meinung erst dann eine lehrbare Wissenschaft, wenn die

---

75) cf. Boëthius, duo libri de geometria, dann jedenfalls noch Alcuins Propositiones.

76) Isidor origines II, 1 seq.

77) cf. Schmidt-Lange, Gesch. der Pädagogik II, S. 157.

78) cf. auch Rhabanus Maurus, lib. de computo. und Köhler a. a. O. S. 22.

Astrologie von ihr getrennt wird. Wenn Hugo auch einen „natür=
lichen" Teil der Astrologie gelten lassen will, der den Einfluß von
Sonne, Mond und Sternen auf Gesundheit und Krankheit, Wetter
und Fruchtbarkeit darstellen soll, so bekämpft er doch die zeitgenös=
sische Astrologie als eine „Mathematik", die sich von μάτην her=
leite. Was dürfte in Hugos Schule in der Astronomie gelehrt
und gelernt worden sein? Da das Fernrohr noch völlig fehlte,
so waren der Erforschung des Himmelsgewölbes sehr enge Schranken
gesetzt. Das herrschende ptolemäische System hinderte ebenso tieferes
Eindringen. Man wird sich also damit begnügt haben, den christ=
lichen Kalender immer aufs neue zu konstruieren, mit der Bibel in
Einklang zu bringen und einzuprägen. Hugo hat nach Hauréaus
Untersuchungen selbst einen Traktat de astronomia geschrieben,
weist auch im Anfange seines Geometrie=Traktates darauf hin (si
qua alia de horizonte dicenta videbuntur, sequenti libro, cum
parallelis et coluris aliisque coelestibus circulis, reservamus) [79],
allein er ist verloren gegangen und bis auf diesen Tag noch nicht
wieder aufgefunden. Er dürfte aber jedenfalls wiederum nichts
anderes gewesen sein, als ein Auszug aus einem größeren Werke
der Vergangenheit, und hier stoßen wir zunächst auf Hrabans be=
rühmtes Buch de computo (über die Zeitrechnung).[80] Dieses
Buch aber, aus dem auch die einzelnen Unterrichtsmaterien in
Fulda, wie wohl auch in St. Victor ersichtlich sein dürften, hat
folgenden Inhalt: Kapitel 1—8 die Zahlen, 9—36 die Zeitein=
teilung, 37 und 38 Planeten, 39 und 40 Himmelszeichen, 41—45
Mond, 46—79 Sonnen=, Mond= und Planeten=Bewegung, Sonnen=
und Mondzeiten und ihre Berechnung, 80—94 Berechnung des
Osterfestes, 95—96 Menschen= und Weltalter. Benutzt sind hier
(wie wohl auch von Hugo) Isidors origines, Hrabans de universo,
Alcuins de astronomia, Cassiodors institutiones und Boëthius'
consolatio.

Wir kommen weiter zur Musik. Unter Musik versteht Hugo
mit nur geringen Ausnahmen, wo er auch von der eigentlichen
Tonkunst spricht, etwas anderes als wir: Musik ist ihm eine Art
Philosophie der Harmonien. Es giebt nach seiner Meinung [81] drei
Arten von Musik: zuerst die Weltmusik (d. s. pythagoreische Speku=
lationen), dann die Harmonie unter den Gliedern und Organen des
Körpers und zuletzt die Verwandtschaften, Freundschaften und son=
stigen Verhältnisse, welche die Menschen verbinden. Interessant ist
das Ziel, das durch die Musik erreicht werden soll, nämlich Her=
stellung des Gleichgewichtes der Liebe zum Geiste und der Liebe

79) Mitgeteilt von Hauréau a. a. O. S. 106, al. 2.

80) Über Veranlassung der Abfassung und die interessante dialogische
Form des Buches cf. Köhler a. a. O. S. 26 Anm.

81) Tractatus de musica, mitgeteilt bei Sanders. — Sanderus, Bibl.
man. Belg., pars I, p. 26. — Hauréau a. a. O. S. 106 bezweifelt seine Echtheit.

zum Fleische. Wir vermuten, daß der Traktat wiederum nur ein Auszug ist, der, ob er nun von Hugo selbst herrührt oder nicht, jedenfalls doch in der Klosterschule zu St. Victor gebraucht worden sein dürfte. Ganz wahrscheinlich hat der Traktat des Boëthius fünf Bücher de musica zur Grundlage und ebenso das dritte Buch von Isidors (von Sevilla) origines. Aus letzterem Buche ersehen wir wohl am deutlichsten, was im Musikunterrichte der mittelalterlichen Klosterschule im einzelnen getrieben worden ist. Da finden sich 4 Arten der Musik: harmonische (Höhe und Tiefe der Töne, Gesang), dann organische (Musik von Blasinstrumenten), sodann rhythmische (Musik von Handinstrumenten, z. B. Saiteninstrumenten, Pauken u. s. w.) und endlich metrische Musik, die sich sowohl mit dem Zusammenhange der Töne und Worte, als mit dem Versmaße beschäftigt. Es ist sicher, daß der kunstreichere Gesang, der cantus metensis, der von der Kathedrale in Metz seinen Namen hat, auch in St. Gallen und Fulda eifrig gepflegt wurde[82]) und von da aus in die jüngeren französischen Klöster hinübergekommen sein mag. Allein Musik ist hier noch mehr, sie ist nach Hrabanus Maurus eine „disciplina tam nobilis, tamque utilis, ut qui ea caruerit, ecclesiasticum officium congrue implere non possit."[83]) Man könnte meinen, Hraban spräche von der für die Liturgie der Geistlichen nötigen Gesangstüchtigkeit. Allein er geht weiter, die Musik ist ihm schlechthin die disciplina bene modulandi, d. i. weiterhin das gute Modulieren der Rede in Predigt und Epistelverlesung sowohl, als im täglichen Verkehr — quodsi nos bona conversatione tractamus, tali disciplinae probamur semper esse sociati. Das dürften wohl die Aufgaben und Ziele des Musikunterrichts in St. Victor gewesen sein, den unser Hugo geübt hat.

d) Die Realien: Geschichte, Geographie und Naturbeschreibung.

Hugo von St. Victor hat offenbar in seiner Schule auch Realien getrieben, wenngleich theologisch-scholastisch verquickt. Dem Verfasser erscheint es, als ob der betreffende Unterricht innerhalb der biblischen Isagogik seine reinste Gestalt gewonnen habe, und er meint, daß da oft viele Stunden auf rein geschichtliche, geographische oder naturkundliche Stoffe verwandt worden seien. — Wir wenden uns zunächst zur Geschichte.

Abgesehen von der Bibel, fußt Hugo in seinen geschichtlichen Anschauungen auf Virgils Aeneis, auf des Josephus antiquitates, auf Isidors origines und den Kirchenvätern. Hrabans Martyrologium ist bei Darstellung der vielen Heiligengeschichten jedenfalls mit verwandt worden.

---

82) Mon. Sangall. de Carolo Magno I, 10.
83) De instit. cleric. III, 24.

Ein Lieblingsgegenstand geschichtlichen Forschens sind dem Hugo die Gründer und Entdecker der einzelnen Wissenschaften. Er kommt dabei zu wunderlichen Resultaten! Der „Grieche" Linus ist ihm einer der Erfinder der Theologie, ebenso der Lateiner Varro. Thales und Plinius sind die ersten Physiker, Pythagoras, Nikomachus, Apulejus und Boëthius sind die bedeutendsten Arith metiker. Der biblische mythische Tubal ist ihm Erfinder der Musik, Merkur fertigte das erste Tetrachord. Ham, Noahs Sohn, soll die Astronomie erfunden haben, Abraham lehrte sie die Ägypter. So zitiert er in buntem Allerlei neben Sokrates die Minerva, neben Plato die Isis, neben Cicero den Osiris, neben Hesiod den Dae= dalus und Prometheus immer als geschichtliche Personen. Der Römer Apicius ist ihm Erfinder der Kochkunst. Wie bedenklich in unserem Sinne die Geschichtsforschungen und Behauptungen Hugos oft sind, zeigt ferner Hugonin a. a. O. S. 132 an mehreren Bei= spielen. „Die römischen Spiele waren zuerst bei den Lydern in Ruf, von da kamen sie zu den Etruskern und dann zu den Römern. Die Römer haben ursprünglich lydische Lustbarkeiten zu religiösen Spielen umgemodelt." Als Hilfsmittel für geschichtliche Anschauung wendete Hugo Stammbäume an. Der Gebrauch war der, daß man die auf Pergament gezeichneten Stammbäume an den Wänden des Lehrzimmers zur Bequemlichkeit der Lehrer und Schüler aufhing. Das Beispiel eines solchen Stammbaumes enthält die Tafel von Abstammung und Verwandtschaft der Tugenden und Laster in Hugos Werk de fructibus carnis et spiritus.[84] Der Tugendbaum heißt Hierosolyma, der Lasterbaum Babylonia, und wir sehen, daß bei dieser Gelegenheit die Geschichte der babylonischen Gefangen= schaft insoweit zur Sprache gekommen ist, als dort Tugenden, hier Laster nachgewiesen werden konnten.

Auch Spuren geographischer Belehrungen der Klosterschüler von St. Victor finden sich in Hugos Schriften, aber auch hierbei handelt es sich fast nur um Namen und Zahlen, die in der Bibel vorkommen. Wurde über diese Grenze hinausgegangen, so gab man einen Auszug der alten griechischen und römischen Geographen. „Comme si le monde n'eût pas changé avec le cours des siècles," bemerkt dazu Hugonin treffend. Unter den Schriften Hugos finden wir eine mit dem Titel mappa mundi. Hauréau[85] sagt, daß man dieses Buch den verschiedensten Autoren zugeschrieben habe: dem Anselm, dem Heinrich v. Huntingdon, dem Peter von Ailly und dem Honorius von Autun. Er selbst entscheidet sich dahin, daß höchstwahrscheinlich Hugo als Anhang zu seiner archa mystica ein Buch imago mundi geschrieben habe. Versteht Ver= fasser den Hauréau recht, so hält er die mappa mundi für eine

---

84) cf. ed. Migne, tom. II, col. 1007—1010.
85) cf. Hauréau a. a. O. S. 94.

Überarbeitung dieser verloren gegangenen imago mundi. Beide Schriften setzen den Gebrauch einer Art Landkarte der Teile nördlich und südlich von Jerusalem voraus. Hugo hat aber auch noch andere Landkarten gebraucht, sie sind nach Aufzeichnungen im Victorinerkloster, die Hugonin eingesehen, noch im 14. Jahrhundert vorhanden gewesen und verwendet worden, dann aber verschwunden. Indessen existiert nach Hugonins Hinweis [86]) noch heute eine Kopie jener Palästina-Karte unter dem Titel de locis circa Jerusalem in St. Victor. Doch dürfte wohl auch auf diese Karte das Urteil Köhlers a. a. O. S. 31 zutreffen: „Die Kartographie jener Zeit war freilich ebenso roh und unvollkommen, wie die Vorstellungen der gelehrten Geistlichen von der Gestalt der Erde." Deshalb ist auch der Wert der Karte zweifelhaft. Es ist jedenfalls eine jener Radkarten, wie sie sich vielfach in mittelalterlichen Handschriften finden, im vergrößerten Maßstabe. Peschel [87]) nennt sie scharf und treffend: „traurige Gemälde von dem Rückfall der Wissenschaft in ihr Kindesalter." [88]) Jedenfalls beherrschte Hugo, wie die Benediktiner, die sich mit ihm befassen, ganz ausdrücklich hervorheben, auch in der Geographie alles, was man damals wissen konnte, d. h. alles, was die Alten davon überliefert hatten. Demgemäß umfaßte der Stoff der Geographie nur die drei großen Glieder des orbis terrarum: Europa, Asia, Africa, ferner die Unterabteilung der Erdteile in Provinzen sowie die Namen der bedeutendsten Städte, Berge und Flüsse, letztere Kapitel mit viel Mythologischem und Sagenhaftem vermischt. Alles andere war Beschreibung Palästinas. [89])

Was nun endlich den naturkundlichen Unterricht betrifft, so wäre eine Stelle in der „Didascalica", die Schumann a. a. O. S. 12 ohne Angabe des Ortes erwähnt, von Wichtigkeit. Soweit die heidnische Philosophie — die sonst keine Bedeutung für die höhere Wahrheit habe — die Naturwissenschaft betreffe, müsse sie mit Eifer getrieben werden und müsse auch für die Theologie gelten, müsse ihr dienen und sei ihr unentbehrlich. Wie solche naturkundliche Studien getrieben werden sollen, zeigt neben den doch ziemlich dürftigen Notizen in lib. VI, cap. 3 der „Didascalica" der Hinweis auf die Schwierigkeit der Entwickelung des Begriffes der Natur (quid sit natura) im 11. Kapitel des I. Buches der „Didascalica" [90]) und das vielumstrittene Buch de bestiis et aliis

---

86) Manuskripte von St. Victor Nr. 567.

87) Peschel, Gesch. der Erdkunde S. 91 ff.

88) Vergl. übrigens über die Anfertigung von Karten durch Klosterschüler die interessante Schilderung in Walafried Strabos Tagebuche in Schmidt-Lange II, S. 208. Dieses angebliche Tagebuch Walafrieds ist bekanntlich nur eine Fiction.

89) cf. Hrabanus Maurus „de universo".

90) Es heißt da: Weil wir oben schon so oft von Natur gesprochen haben, so dürfen wir, obwohl, wie Tullius (Cicero) sagt, eine Begriffs-

rebus libri IV im Anfange des 3. Bandes der Werke Hugos bei Migne. Wir gehen unten auf nähere Erörterungen über die Authentie dieses Werkes ein, bemerken aber schon für jetzt, daß wir das Werk auf alle Fälle für ein solches halten, das nach Notizen Hugos gearbeitet ist. Das ist das mindeste, was zugegeben werden dürfte, mag auch immerhin vielen Hugo v. Folieto als eigentlicher Verfasser gelten. Nach diesem Werke ist auch der gesamte naturkundliche Unterricht nach Gang, Methode und Stoffauswahl biblisch-theologisch bestimmt. Der Verfasser beginnt obengenanntes Buch und jedenfalls auch seinen Unterricht mit der Besprechung der Taube, weil der heilige Geist sichtbar geworden sei in der Gestalt dieses Vogels. Nachdem er zuerst über die Taube im allgemeinen gesprochen, überschreibt er Kap. 2: Über die drei Tauben, welche die Heilige Schrift erwähnt, und Kap. 3: Vergleich der Taube mit der Kirche und einer frommen Seele. Dann folgen Vergleiche der roten Füße der Taube mit der Kirche und ihrer Schwungfedern mit den Predigern. Diese kirchlich-mystischen Darstellungen des heiligen Vogels reichen bis Kap. 11. In Kap. 12 kommt Hugo dann plötzlich auf den Nord- und Südwind zu sprechen und dann auf den Habicht, weil derselbe mit seinen Flügeln am besten den Südwind durchschneide. Bietet sich dem Verfasser ein nur einigermaßen passender Bibelspruch, so wird die Behandlung, wie z. B. Kap. 14 de duabus accipitrum speciebus beweist, ziemlich annehmbar: ist kein Bibelspruch anzuwenden, dann bleibt sie unverständliche Mystik und Allegorienspielerei. Nachdem Hugo dann in den nächsten Kapiteln vom Weidenbaume gesprochen, auf den sich der Habicht setzte, den er kürzlich sah, spricht er sonderbarerweise über die Turteltaube und den Sperling, welchen der Habicht fraß. (Hugo folgt hier wohl der Sage, wie sie in ihren Anfängen bei den Kirchenvätern, ausgebildeter in jenem ganz eigentümlichen mittelalterlichen Werke, dem altdeutschen „Physiologus“, erscheint.) Charakteristisch ist aus dem weiteren die Einteilung des Tierreiches in „Vögel und andere Tiere“. Die Vögel stellt er allein, weil diese in der Bibel am meisten vorkommen. Eigentümlich ist ferner die sorglose Mischung von Thatsächlichem und Sagenhaftem. Neben den Löwen tritt der Eselscentaur, neben Igel, Fuchs und Nashorn stehen Hyder und Drache. Dazwischen hinein kommt eine Behandlung der Edelsteine, Feuersteine und Muscheln. In 3. Buche spottet die System- und Ordnungslosigkeit jeder Beschreibung; denn dort werden die menschlichen Füße, die Entstehung der Pflanzen, Kalk, Schlangen, Lunge und Felle der Tiere in e i n e m Atemzuge abgethan. Dabei ist allerdings die Anthropologie noch am klarsten

---

bestimmung der Natur zu geben schwer ist (naturam definire difficile est), dennoch die Bedeutung dieser Wissenschaft nicht mit Stillschweigen übergehen u. s. w. cf. Schumann a. a. O. S. 27 u. 28.

und richtigsten behandelt. Das 4. Buch bringt in lexikalischer
Wortfolge die Summa der in der Klosterschule zu übermittelnden
naturkundlichen Kenntnisse in übersichtlicher Form. Das Studium
dieses Buches dürfte in seinen merkwürdigen Resultaten jedem
naturwissenschaftlich Geschulten reiches Ergötzen über mittelalterliche
Unwissenheit, Naivetät und Unbeholfenheit gewähren.

Das Urteil über solchen von Hugo getriebenen naturkund=
lichen Unterricht kann wohl nicht anders als im großen und ganzen
absprechend sein: das Ziel war ein einseitig religiöses, die Methode
naturwidrig und gekünstelt, der Stoff systemlos und mit Sagen=
haftem versetzt. Allein trotz all' dieser Mängel bleibt es ein nicht
zu leugnendes Verdienst Hugos, daß er in einer dem Realistischen
und Konkreten so abgewandten Zeit die Erforschung der Natur
nicht ganz und gar „dem Teufel" zugeschoben hat, wie es doch
genug seiner Zeitgenossen und Nachfolger gethan haben.[91]) Ver=
gleichen wir hier wiederum Hugos Leistungen mit denen des vor=
hergehenden größten Klosterschulpädagogen, mit denen des Rhabanus
Maurus in Fulda, so sehen wir, daß hier wie dort von der freien
naturwissenschaftlichen Induktion unseres Jahrhunderts nicht die
Spur zu finden ist, ferner daß bei beiden mystisch=allegorische Be=
sprechungen vorwalten, und so können wir zuletzt wohl auch ver=
muten, daß in Fulda wie in St. Victor die gleichen litterarischen
Hilfsmittel angewandt worden sind, nämlich des Plinius historia
naturalis, des Cassiodor institutiones und des Isidor origines und
jedenfalls auch Hrabans Werk de universo.[92])

---

91) Wie z. B. Vincent v. Beauvais im speculum doctrinale.
92) Rhaban teilt allerdings weit entsprechender animalia (Zoologie),
herbae (Botanik), lapides (Mineralogie); cf. de instit. cler. III, 17.

Anhang.

Der Traktat „de bestiis et aliis rebus" und Hugos litterarische Persönlichkeit.

Es möge dem Verfasser vergönnt sein, an dieser Stelle die litterarische Persönlichkeit Hugos noch voller und deutlicher als es oben (cf. die Untersuchungen über die Echtheit der „Didascalica") geschehen konnte, zu erfassen und darzustellen, wenigstens den Versuch dazu zu machen. „De bestiis — c'est un ouvrage fabriqué par des copistes," so beginnt Hauréau a. a. O. S. 169 seine litterarischen Untersuchungen über das Werk de bestiis. Daß wohl nur wenige der Werke Hugos ganz unverdorben auf uns gekommen sind, diese Vermutung ist uns schon oben bei den Untersuchungen über die Authentizität der „Didascalica" entgegengetreten, und es ist uns das noch wahrscheinlicher geworden bei den Forschungen über die Traktate de grammatica, de astronomia und über die mappa mundi (imago mundi?); am allermeisten aber tritt uns dieser Gedanke entgegen bei dem soeben angeführten Werke de bestiis etc. Hauréau a. a. O. (S. 169 u. 170) nennt dasselbe „un livre peu digne de lui" und führt die sehr verdächtige Überschrift des Buches in Nr. 1024 der Mazarinischen Bibliothek dafür an („incipit libellus domni Hugonis de Folieto de natura avium, ad Renierium conversum, cognomine Corde-Benignum"); er weiß, daß das Werk in 3 Bibliotheken anonym ist, in 3 anderen Bibliotheken verbunden mit den Werken anderer Autoren erscheint, aber er kann doch auch nicht leugnen, daß das Werk an einer für die Litteratur des Mittelalters hochbedeutsamen Stelle, der Dresdener Bibliothek, unter des Hugo v. St. Victor Namen auftritt. Ganz dieselbe Erscheinung, daß nämlich fragliche Werke Hugos einerseits in den Werken anderer Autoren auftreten, andererseits anonym werden, tritt uns bei ganzen Reihen Hugonischer Schriften umstrittener Art entgegen. In so umfassender, weitschichtiger Weise dürfte das bei keinem anderen mittelalterlichen Schriftsteller wieder vorkommen. Woran liegt das? Vielleicht dürfte folgende Hypothese einer Berücksichtigung nicht unwert sein: Hugo hat als Lehrer in St. Victor aus vielen Autoren in einer ganzen Reihe von Wissenschaften Exzerpte und Notizen gesammelt, die auch für die Nachfolger nicht ganz wertlos waren. Spätere Schriftsteller legten also die aufgefundenen Blätter Hugos ihren eigenen Werken zu Grunde, indem sie daran änderten, ergänzten und erweiterten. Diesen erneuerten Traktaten gaben sie nun entweder den Namen Hugos oder ließen sie anonym. Die dem Hugo wiederum überwiesenen Schriften sind zumeist die, welche uns verdächtig erscheinen, die anonymen Traktate aber kamen entweder in die Werke Späterer oder wurden früheren Schriftstellern wegen des in ihnen waltenden

Geistes (sie waren ja wohl Auszüge aus diesen) zugesprochen.
Was nun in der That echt, was sicher unecht ist, das ist fast
unmöglich zu entscheiden, auch Hauréau bringt nur ganz selten
kategorische Urteile. Selbst da, wo (wie beim Bestiarius des Hugo
v. Folieto) ein anderer Verfasser ziemlich sicher ist, können wir das
Werk, das in den ersten Ausgaben der Werke des Hugo steht,
diesem nicht ohne Einrede streitig machen, und eins ist stets sicher:
die litterarische Richtung Hugos, den Geist der Schule von St.
Victor, trifft es immer. Ein Werk, das diesen Bedingungen nicht
entspräche, finden wir in den Werken des Hugo nicht.

Höchst interessant ist es nun zu beobachten, welch verschiedenen
Verfassern von den Hugoforschern Werke des Victoriners zugeschrieben werden. Es finden sich bei Hauréau nicht weniger als
50 Namen mehr oder weniger bekannter Autoren als „auteurs
supposés" von Werken Hugos. Das mag einmal daher kommen,
daß Hugo ungemein viele ältere Schriftsteller benutzt hat und anderseits daher, daß ihn wieder sehr viele ausgeschrieben resp. ergänzt
haben. Von bekannteren litterarischen Gestalten unter den „auteurs
supposés", denen wohl allen Hugo geistesverwandt zu nennen ist,
begegnen uns: Augustin (de quinque septenis), Anselm (imago
mundi, de virtute amoris u. a.), Alanus Lillensis (de bestiis?),
Bernhard v. Clairvaux (de medicina animae, de vanitate mundi,
de vitae ordine, de oboedientia, lib. III von de anima, tractatus
de septem donis), Honorius v. Autun (lib. I von de anima),
Hugo v. Folieto (de bestiis, de archa, de virginitate Mariae, de
claustro animae, de medicina animae etc.), Innocens III. (speculum ecclesiae), Abälard (de orat. domin.), Richard v. St. Victor
(excerptiones??), Thomas v. Aquino (de professione monacho-
rum). — Wie sorglos und willkürlich man mit den Werken Hugos
umzugehen wagte, zeigt besonders der Traktat de septem septenis,
dem Johann v. Salisbury seinen Namen zu geben sich nicht scheute.
Derselbe ist, wie Hauréau S. 142 nachweist, fast wörtlich aus
Hugos Traktat de contemplatione herausgeschrieben, Kap. VI z. B.
ist ein ganz wörtliches Plagiat. Hauréau vermutet wohl nicht mit
Unrecht, daß Hugo v. St. Victor auch den Alexander v. Hales und
Bonaventura stark beeinflußt habe und fährt fort: même, venus
longtemps après eux, les professeurs avoués de mysticisme,
Jean de Gerson, Jean Tauler, maître Eckhardt et autres pou-
vaient ne faire que répéter une leçon apprise à l'école de
Saint-Victor. Auf S. 73 weist Hauréau nach, daß auch Petrus
Lombardus, der geistige Vater des Thomas v. Aquino, des
Hauptdogmatikers der katholischen Kirche bis zum heutigen Tage,
in seinen Sentenzen Hugos gleichnamiges Werk in ausgiebigster
Weise (ja vielleicht in langen Partien wörtlich) benutzt habe.
Thaten das solche Größen, um wie viel mehr werden die Kleineren
ihre Weisheit in aller Stille bei Hugo geholt haben. Die litte-

rarische Persönlichkeit Hugos umfaßt in gewissem Sinne ein volles Jahrtausend, der Früheren Abbild, war er den Späteren ein Vorbild. Von Augustin (geb. 354), der als Verfasser mehrerer Partien in Hugos Werken gilt (cf. Hauréau S. 34, 63, 129, 177, 183), bis zu Tauler († 1361), der sich nach Hauréaus Meinung sicher an Hugo bildete, reicht die Größe dieses Geistes, eine Bedeutung, die wenigen der mittelalterlichen Schriftsteller zukommen dürfte. Allein das sei schließlich noch bemerkt, Hugos Gedanken reichen noch weiter als bis zu Tauler: verfolgen wir die Mystik Hugos noch in weitere Ferne, so begegnen wir seinen Gedanken nicht nur bei Luther, sondern auch bei verschiedenen lutherischen Mystikern jüngeren Datums, bei Jakob Böhme, Hamann u. a. m.; richten wir aber unseren Blick auf die scholastischen Kombinationen und die dialektischen Probleme des Hugo, so führt uns ein direkter Weg an Petrus Lombardus und Thomas Aquino vorüber zum modernen katholischen Gedankenbau und zu seiner Kultur und Schule. So finden wir, daß die litterarische Persönlichkeit Hugos beiden großen christlichen Konfessionen sympathisch ist.

Die Ansichten des Hugo v. St. Victor über die **moralische** Erziehung.

Die Notwendigkeit der moralischen Erziehung findet Hugo in der Erbsünde. Daß sie den Grund der moralischen Gefahren der Jugend bilde und daß sie und ihre Folgen zunächst bekämpft werden müßten, wenn man moralisch bilden und erziehen wolle, das bespricht Hugo des längeren und breiteren in Kap. VI—IX der Erud. didasc. „Zweierlei aber stellt das göttliche Ebenbild wieder her, nämlich die Erforschung der Wahrheit [93] (moralische Erziehung durch Unterricht) und die Übung der Tugend, weil der Mensch darin Gott ähnlich wird, daß er weise und gerecht ist: er zwar ist veränderlich, Gott aber ist unveränderlich weise und gerecht."

Die Bildung zu Tugend (Weisheit) und zu guten Sitten (Gerechtigkeit) war jedenfalls keine leichte Aufgabe der Klosterschulerziehung, kamen doch auch aus dem Kreise des eigentlichen Volkes genug Leute in die Klosterschulen. Das Volk aber des 11. Jahrhunderts war zügellos in seinen Leidenschaften, roh in seinen Unterhaltungen, bäuerisch ungeschlacht in seinen Gefühlskundgebungen! Man hatte lange Zeit nur die Elemente der heidnischen Ethik dagegensetzen können (die eigentlich christliche Ethik lag noch tief verschüttet), und eben diese heidnischen Philosopheme schätzte Hugo mit Recht nur gering. „Dort haben die Alten," sagt er,[94] „wohl einige vom Körper der wahren Tugend abgerissene Glieder hin-

---

93) Erud. didasc. I, 9.
94) De arcba morali IV, 8.

gemalt, aber in den einzelnen Gliedern ist kein Leben, weil ihnen
der Leib der Liebe Gottes fehlt. Alle Tugenden machen gleichsam
einen Körper aus, dessen Haupt die Liebe ist." Hugo will mit
der Mode gewordenen paganisierenden Ethik nichts zu thun haben,
sondern die tieferen christlichen Grundlagen geachtet wissen. „Wie
viel sehen wir nur allein gelehrte Leute, die Christen heißen wollen,
die mit den übrigen Gläubigen die Kirche besuchen und die Sakra=
mente Christi nehmen, in ihren Herzen aber öfters an den Saturn
und Jupiter, Herkules und Mars, Pollux und Kastor, Sokrates,
Plato und Aristoteles als an Christum und die Heiligen denken.
Sie lieben das eitle Geschwätz der Dichter und um die Wahrheit
der Heiligen Schrift bekümmern sie sich nicht, spotten wohl gar
darüber. — Sie werden einst in dem Maße an der göttlichen
Strafe teilhaben, als sie jetzt Gefallen an ihrer Lebensweise[95])
finden."

Ebenso wie das klassische Heidentum, galten dem Hugo auch
Scholastik und Mystik nur so viel, als sie das sittliche Leben för=
derten. Diese Forderung ist für alles das Hauptziel.[96]) Auf=
klärung und Liebe, d. i. geklärte Sittlichkeit, ist bei ihm immer ver=
bunden. So sagt er de sacramentis II, 11: ubi enim caritas,
claritas est et non est in ipso, qui palpando (dem Irrtum nach=
tappend) incedit. Wer die Liebe hat, der sieht klar und sicher
und nimmt nicht übereilt an, was er nicht siehet. Wer aber ohne
die Liebe vorwitzigerweise sich zu weit wagt, der verliert den hellen
Geistesblick und wohin er auch gehe, er ist im Irrtum! —

Des weiteren verbreitet sich Hugo über Themen, denen man
die bekannte Überschrift geben könnte: Qui proficit in litteris et
deficit in moribus, plus deficit quam proficit. Bemerkenswert ist
der folgende Ausspruch:[97]) „Utinam tam studiosi essent ad
quaerendam bonitatem, quantum ad quaerendam veritatem cu=
riosi inveniuntur — das Streben nach Wahrheit ist allen gemein
(Forschertrieb), auch denen, die die Tugend nicht lieben. Denn so
sehr wollen alle die Wahrheit wissen, daß keiner gefunden wird,
der gern irren möchte. Viele jedoch suchen die Wahrheit ohne die
Tugend, aber umsonst — socia veritatis est bonitas. Non venit
libenter sine bonitate veritas, aut si venit, non venit ex parti=
bus illis et de regione illa, ubi salus est."

Von den Lastern und ihrer Bekämpfung spricht Hugo be=
sonders ausführlich im Matthäus=Kommentar.[98]) In jedem Men=
schen müssen erzieherisch vor allem 3 Laster unterdrückt werden, die

---

95) Auf das Untergehen in heidnischer Lebensweise kommt es dem
Hugo an. Deshalb widerspricht das dem oben Ausgeführten über Hugos freie
Stellung zu den klassischen Studien keineswegs.
96) cf. dazu Schumann a. a. O. S. 11 extr.
97) de sacramentis lib. II, pars 14, cap. 9.
98) cf. dort Kap. IV. Ed. Migne tom. I, col. 775.

superbia, die invidia, die ira, in deren Gefolge sich dann noch
4 andere, wenn auch minder schlimme Fehler befinden. Das oberste
Laster ist der Stolz, d. i. die Liebe zur eigenen vermeintlichen
Trefflichkeit, welcher den ganzen Aufschwung der Seele verkehrt.
(Es soll offenbar der egoistisch-isolierende Zug des Stolzes bezeichnet werden.) Der Mensch ist stolz, entweder, weil er das hat,
was ein anderer nicht hat, oder, weil er das erlangt, was ein
anderer nicht erlangen kann. Indem der Stolze sein Ich (pro-
prietem) allzusehr liebt, beginnt er die Mitmenschen zu hassen, und
so wird die invidia geboren, die Tochter der superbia. Der Neid
ist der Haß, fremdem Glücke gegenüber. Fremdes Glück kann dir
nämlich nie mißfallen, außer wenn du zuvor den Wunsch gehabt
hast, es allein zu besitzen. Der Stolz ist schlimmer, als der Neid,
denn er kommt nur schwer zum Bewußtsein. Im Neide aber liegt
ein Moment ausgleichender Gerechtigkeit, „quod, qui injuste agit,
juste punitur!" Der letzte Hauptfehler ist die ira, der Zorn.
Den Zornigen will Hugo vor allem durch Strafen heilen, er soll
alle Strafen ruhig und festen Sinnes ertragen lernen. Aus den
3 Hauptlastern folgen noch 4 andere Fehler, die sich oft im späteren
Alter entwickeln: Verbitterung, Habsucht, Schlemmerei, Üppigkeit
(acedia — avaritia — gula — luxuria). Die Verbitterung (auch
taedium animi) folgt daraus, daß der vom höchsten Gute los-
gelöste Sinn seine Einsamkeit und Verlassenheit fühlt und seine
Seele mit Ekel füllt. Nach Kap. XI und XII. lib. I der „Didascalica" will Hugo den homo acediae vor allem aus seiner selbst-
geschaffenen Einsamkeit unter gute, gläubige Menschen führen. Die
Habsucht ferner ist eine maßlose Begierde, immer mehr zu erlangen.
Die Meinung Hugos darüber ist die, daß man den Habsüchtigen
nicht von außen her erziehen könne, wie es etliche thäten, dadurch,
daß man ihm alle Gegenstände des Begehrens entzieht — denn
dann dürfte die innere Begierde nur um so heftiger werden —,
sondern von innen heraus, indem man ihm das höchste Gut wieder
fest ins Herz pflanzet.

Ein fernerer sehr schlimmer Fehler ist die gula, d. i. Lecker-
haftigkeit und im weiteren Sinne auch Geilheit. Der äußerliche,
oberflächliche Sinn wird zuerst davon ergriffen, und es wird dann
dem Laster, welches immer eine gewisse Nötigung vorspiegelt, allzu
nachgiebig geschmeichelt (familiarius blanditur). Gula und luxuria
endlich führen zur Wollust. Das Fleisch neigt beständig zur Wollust hin, in der desto mehr Schändlichkeit liegt, je mehr das Maß
überschritten wird. Dieses grobe, Leib und Seele verwüstende Laster
wird nur durch Vernunft, Maßhalten und Zähmung gebessert.

Positiv hat nun der Erzieher die höchsten Tugenden dem
Zögling einzupflanzen. Die caritas, die Liebe zu Gott und Menschen, preist natürlich der Mystiker mit den herrlichsten Worten als

das höchste Gut."[99] Nach der allumfassenden Liebe kommen noch einige andere Tugenden, ohne die sich Hugo insbesondere ein rechtes Lernen nicht denken kann. Bernhard v. Chartres giebt ihm Erud. didasc. III. 13 Verse an die Hand, denen nachfolgend er sich über die Haupttugenden seiner Ethik ausspricht. „Als ein Weiser einst," so erzählt er dort, „über die Methode eines rechten Studiums gefragt wurde, antwortete er: „Ein demütiger Sinn, reges Interesse, ein ruhiges Leben, stilles Forschen und Aufenthalt in fremdem Lande - dies alles pflegt dem Studierenden jedes Dunkle aufzuschließen." Er kannte wohl," fügt Hugo hinzu, „den Ausspruch: „Die Sitten schmücken das Wissen" (mores ornant scientiam) und fügte darum den Leseregeln auch Lebensregeln zu, so daß der Studierende erkennt, wie er leben und lernen muß. Zu verwerfen ist das Wissen, das durch ein schamloses Leben befleckt wird. Darum muß sich der, der die Weisheit sucht, hüten, die Zucht zu vernachlässigen."[100] Wie bei Hugo der Stolz das größte Laster ist, so ist ihm die Demut die höchste Tugend. Wahrhaft klassisch, d. i. für die Erziehungswissenschaft aller Zeiten mustergiltig, ist Hugos Darstellung der Demut. Die Erziehung zur Demut ist das Hauptmoment aller Zucht; sie besteht darin, daß der Schüler von jedem das Gute zu lernen sucht und, gelehrt geworden, die Ungelehrten nicht verachtet. Ein Weiser verachtet niemand; er sieht nicht darauf, wie viel einer weiß, sondern was er von ihm noch lernen kann. Alle Aufgeblasenheit rührt davon her, daß die Studierenden eigene Weisheit hoch rühmen, nicht die fremde. Am Schlusse von Kap. 14 sagt Hugo: „Mein Rat geht nicht dahin, die Stolzen nachzuahmen, denn ein guter Lehrer muß bescheiden und sanftmütig sein, von eitlen Sorgen und schlüpfrigen Vergnügungen sich fernhalten, eifrig und so thätig, daß er von allen gerne lernen mag: er muß sein eigenes Wissen nie überschätzen, muß eine Sache untersuchen, bevor er darüber urteilt, muß nicht gelehrt scheinen, sondern sein, er muß die Lehrsprüche und Mahnungen der Weisen lieben und immer wie einen Spiegel vor Augen haben, und wenn er vielleicht etwas zu Dunkles nicht gleich verstanden hat, nicht sogleich in Tadel sich ergehen und nur das für gut halten, was er hat verstehen können. Darin besteht die Demut der Lernenden.

Eine fernere Tugend, die Hugo besonders betont, ist „die Ruhe des Lebens" (vitae quies). Er spricht davon Erud. didasc. III, 17: „Die Ruhe des Lebens, sei es die innere, daß der Verstand nicht durch unerlaubte Begierden abschweift, sei es die äußere, daß Muße und Gelegenheit zu edlen und nützlichen Studien vorhanden ist, gehört in beiden Arten zur Zucht."

---

99) cf. das ganze Buch de substantia caritatis bei Migne, t. II, col. 16.
100) cf. Erud. didasc. III, 13 u. 14.

Auch zu Sparsamkeit und Mäßigkeit (Kap. 19) will Hugo die Schüler gewöhnen. Er mahnt: „Strebt nicht nach überflüssigem und haltet durch das sittliche Leben (disciplina) auch die Studien in Ehren, — pinguis enim venter sensum non gignit acutum. Was werden darauf," fährt er fort, „die Studierenden unserer Zeit antworten können, die nicht nur die Einfachheit verachten, sondern die noch reicher und verschwenderischer, als sie sind, erscheinen wollen? Und keiner rühmt sich dessen, was er gelernt, sondern was er an Kosten aufgewendet hat! Aber vielleicht wollen sie es ihren Lehrern nachthun, von denen ich mich fast schäme zu reden."

So mahnt Hugo v. St. Victor zur Demut, zum Lerneifer, zu innerer und äußerer Ruhe, zur Forschbegierde, zur Sparsamkeit und Mäßigkeit und zuletzt noch zu Entfernung aus dem Vater-lande, also zu ergebungsvoller Lossage von allem, woran das Herz hängt. [101]

Unser Urteil über den Standpunkt, den Hugo v. St. Victor in der Frage der „moralischen Erziehung" einnimmt, ist in kurzen Worten zu präzisieren: Fußt Hugo auch hier und da auf dem weltflüchtigen Systeme des Boëthius, ist sein mönchisches Ideal meist gar nicht zu verkennen, so tritt doch eins beständig ins helle Licht, daß nämlich Hugo die menschliche Natur mit ihren Schwächen und Bedürfnissen kennt und durchschaut und es weiß, daß der Lehrer der Jugend „klaren Verstand, tiefes Gefühl, lebendige Phantasie, ausdauernden Willen, ernste Sittlichkeit, Besonnenheit und Be-scheidenheit als die rechten Gaben der Lehrhaftigkeit" [102] zu seinem schweren und verantwortungsreichen Amte nötig habe, wenn die Unerzogenen durch ihn erzogen werden sollen.

Spuren von Anweisungen über „physische Erziehung".

Fast alle wichtigeren, hierher gehörigen Regeln finden sich in dem schon mehrfach erwähnten Buche de institutione novitiorum. Trefflich sind die dort niedergelegten äußeren Lebensvorschriften: Anweisungen über Kleidung und Speisen, Mahnungen zur Keusch-heit und Nüchternheit, Weisungen, wie durch Sorgfalt und Pflege das Ganze gedeihen könne. Wiederholt straft er die Leib und Geist schädigenden Gewöhnungen und Thorheiten, die in jeder größeren Lebensgemeinschaft sich finden. Als das beste Mittel, sich Leben und Gesundheit zu bewahren, sieht Hugo die Gewöhnung an eine feste Lebensordnung an. Allein eine solche Lebensordnung kann nicht herrschen, wo Müßiggang ist. Darum soll im Kloster jeder seine bestimmte Arbeit haben und nicht davon ablassen. Alle Stunden des Tages sollen geregelt sein, und es soll keine geben,

---

101) Vincent v. Beauvais hat Kap. 6 seiner erud. fil. reg. ganz diesem Zusammenhange bei Hugo entnommen. cf. Friedrich a. a. O. S. 22.
102) cf. Schumann a. a. O. S. 61.

die nicht einer bestimmten Thätigkeit gewidmet ist. Viel kommt
dem Hugo darauf an, daß die Gesundheit durch einfache, an-
gemessene Speise erhalten werde, daß sich beim Mahle Anstand
und Sitte zeigen. „Es giebt," sagt er,[103] „Novizen, welche sich
an die Tafel setzen, indem sie eine unruhige Beweglichkeit und un-
geziemende Körperhaltung zeigen. Sie schütteln vor Begierde den
Kopf, sie entblößen die Arme und strecken begehrlich die Hände
aus. Da sieht man entrüstet ihre Begierde und Unbescheidenheit
bei dem Vorlegen der Speisen. Sie beeilen sich, Brot abzu-
schneiden und Wein in die Becher zu gießen, sie besorgen eifrig
die Schüsseln weiter; wie ein König unter den Mauern einer be-
lagerten Stadt bedenken sie, von welcher Seite sie einen Angriff
unternehmen könnten, sie möchten von jeder Seite aus einen Ein-
fall machen." Soweit über die Zucht bei Tische (in mensa).
Daneben muß auch Zucht herrschen in Kleid, Mienenspiel und
Ausdrucksweise (in habitu, in gestu, in locutione). So spricht
Hugo in Kap. XI über die Kleidung und giebt da Regeln, die für
alle Zeiten beherzigenswert sind: sie sei nicht zu warm und nicht
zu kühl, nicht prunkend in Farbe und Schnitt, vor allem nicht un-
keusch. In Kap. XII spricht er von Haltung und Gebärde. Ver-
meidet, daß durch die Körperhaltung Nachlässigkeit, Faulheit, Un-
beständigkeit, Stolz oder Jähzorn offenkundig zu Tage treten. Es
gilt ferner die Zunge in Zucht zu halten, am rechten Orte zu
reden und am rechten zu schweigen. Nachdem er noch einmal im
21. Kapitel auf die Unsitten und üblen Angewohnheiten im Essen
und Trinken, auf Unmäßigkeit, Völlerei und andere unentschuld-
bare Roheiten und Unarten hingewiesen hat, schließt er sein Buch
mit der erneuten Aufforderung, überall die temperantia walten
zu lassen.

Ist das Buch auch kurz (und in nur wenigen Vorschriften
bestehend), so enthält es doch in seiner zum Teil witzigen Form
alles, was ein nicht erkünstelter Anstand gebietet. Waltet auch
an vielen Stellen die mittelalterlich-mönchische Askese durchaus
vor, so finden sich doch noch genug Gesetze für die körperliche Erziehung von allgemeinerer nicht nur für die Klosterschule wichtiger
Bedeutung, hat doch Vincent v. Beauvais den hierher gehörigen
Abschnitt in seinem Buche über die Erziehung der königlichen
Prinzen fast ganz dem Hugo v. St. Victor entnommen.[104]

---

103) de instit. novit. t. II, col. 949 (Migne).
104) cf. Vincent v. Beauvais, de erud. fil. reg. cap. 31.

Vita.

Ich, Hermann Otto Schmidt, evangelisch-lutherischer Konfession, bin geboren am 7. August 1861 in Sayda in Sachsen. Früh verwaist, wurde ich bis zum 12. Jahre im großelterlichen Hause und durch die Schule von Voigtsdorf bei Sayda erzogen. 1873 trat ich in das Progymnasium zu Annaberg ein, um 1875 in das Freiberger Gymnasium überzusiedeln. Lust und Liebe zum Lehrerberufe veranlaßten mich sodann, auf das Königl. Seminar zu Dresden überzugehen, wo ich Ostern 1881 die Kandidaten-, im November 1883 aber die Wahlfähigkeitsprüfung bestand. Dazwischen war ich 3 Jahre lang Lehrer an einer Leipziger Volksschule. Durch das Wahlfähigkeitszeugnis mit der Berechtigung zum akademischen Studium ausgerüstet, wurde ich Ostern 1884 an der Universität Leipzig zunächst als Pädagog inskribiert, dann aber (Ostern 1885), nachdem ich am Königl. Gymnasium zu Leipzig das Maturitäts-Examen bestanden hatte, auch als Theolog. Drei Jahre lang habe ich in Leipzig theologischen Studien obgelegen, daneben aber auch Kollegien in Philosophie, Pädagogik und Nationalökonomie gehört. Dann unterwarf ich mich der theologischen Prüfung pro candidatura et pro licentia concionandi, die ich im März 1887 bestand. Unmittelbar darauf erhielt ich Stellung als Lehrer, 1888 als Oberlehrer am Königl. Schullehrerseminar zu Borna. Nachdem ich indessen das theologische Examen pro ministerio im Oktober 1888 vor dem hohen evang.-luther. Landeskonsistorium in Dresden bestanden, wurde ich Mitte 1889 zum Pfarrer in Zadel (Ephorie Meißen) gewählt, in welcher Stellung ich mich noch jetzt befinde.